JN315206

文庫

文庫書下ろし／長編時代小説

深川思《し》恋《れん》

剣客船頭(五)

稲葉　稔

光　文　社

この作品は光文社文庫のために書下ろされました。

『深川思恋』目次

北
新吉原
須崎村
山谷堀
今戸橋
東叡山
寛永寺
下谷
浅草寺
小梅村
隅田川
花川戸町
本郷
中堂
浅草
田原町
吾妻橋
不忍池
業平橋
阿部川
池之端仲町
駒形町
蔵前
三味線堀
神田大明神
稲荷橋
甚内橋
御米蔵
外神田
天王町
法恩寺橋
柳原
神田川
本所
御竹蔵
佐久間河岸
浅草橋
昌平橋
和泉橋
柳原通
柳橋
内神田
両国広小路
両国橋
国回向院
豊山
亀沢町
入江町
薬研堀
鍛冶町
二ツ目之橋
三ツ目之橋
竪川
大川
通油町
汐見橋
一ツ目之橋
千鳥橋
常盤町
南辻橋
一橋
栄橋
今川橋
神田橋
日本橋北
六間堀
新大橋
神明社
南六間堀町
大横川
北町奉行所
芝翫河岸
常盤橋
本船町
小名木川
城
江戸橋
万年橋
海辺大工町
高橋
日本橋
新高橋
深川
通町
日本橋川
上之橋
八丁堀
崩橋
仙台堀
今川町
日本橋南
楓川
湊橋
永代橋
万年町
南町奉行所
京橋
油堀
平野町
霊岸島
亀久橋
三角屋敷
富岡橋
佐賀町
弾正橋
黒江町
富岡八幡宮
南紺屋町
三十三間堂界隈
数寄屋橋
大島町
木挽町
石川島
蓬萊橋
尾張町
西本願寺
越中島調練場
幸橋
芝口
汐留橋

主な登場人物

沢村伝次郎 元南町奉行所同心。辻斬りをしていた津久間戒蔵の捕縛にあたり、すんでのところで逃げられる。その後、津久間に妻や子を殺害され、探索で起きた問題の責を負い、同心を辞め船頭になる。

千草 伝次郎が足しげく通っている深川元町の一膳飯屋「めしや　ちぐさ」の女将。伝次郎に思いを寄せている。

政五郎 伝次郎と懇意にしている船宿・川政の主。

圭助 船宿・川政の若い船頭。

栗田理一郎 南町奉行所臨時廻り同心。伝次郎の大先輩で、見習い時代も世話になり、また、妻・佳江との縁をとりもってくれた人でもある。

お幸 千草の店の女中。

直吉 瀬戸物屋・三吉屋の息子。

お道 赤坂の遊女屋の元女郎。売上金を盗んで逃げていたところを津久間に救われ、その後、津久間を介抱している。

おとき 直吉の母親で、瀬戸物屋・三吉屋のおかみ。

お房 若松屋で番頭の手伝いとして働いている直吉の思い人。

◆◆◆

津久間戒蔵 元肥前唐津藩小笠原家の番士。江戸市中で辻斬りをして、世間を震撼させる。捕縛にあたった伝次郎たちに追い詰められながら逃げ続けている。

剣客船頭㈤

深川思恋

第一章　お房

一

町奉行所《まちぶぎょうしょ》の与力同心《よりきどうしん》たちが住まう八丁堀《はっちょうぼり》は、どんよりした不吉《ふきつ》な雲におおわれていた。

整然と並ぶ屋敷の通りを、ひとりの侍《さむらい》が歩いている。

どうやら浪人のようである。薄汚れた地味な棒縞《ぼうじま》を着流し、胸元を開いている。あたりに漂っている霧のせいか、顔ははっきりしないが、双眸《そうぼう》だけがぎらりと光っている。そして、眉間《みけん》の上に小さな刀傷があった。その傷は赤くなっており、いまも血がにじみ流れているようだった。

髷《まげ》は乱れ、鬢《びん》の後《おく》れ毛《げ》がふるえるように風に揺れている。

腰に大小を差しているが、その片手には血塗《ちぬ》られた抜き身の刀がにぎられていた。

ひっそりした通りには人の影どころか、野良犬や野良猫の姿もない。冷たい風が吹き抜けているだけだ。

浪人は、じりっと、足許《あしもと》の地面を踏みしめるようにして、一軒の屋敷の前で立ち止まった。木戸門であるから同心の屋敷である。

浪人はここだと胸の内でつぶやく。

そこは、南町奉行所定町廻り同心《みなみまちぶぎょうしょじょうまちまわりどうしん》・沢村伝次郎《さわむらでんじろう》の屋敷であった。

浪人はそっと木戸門に手をかけると、戸口を開けて、屋敷内に入った。庭には小《こ》砂利《じゃり》が敷き詰められていて、歩くたびにじゃりっ、じゃりっと音がする。

無言で戸口を開けると、すぐそばの座敷に若い男の姿があった。

伝次郎の長男、慎之介《しんのすけ》だった。

「何者ッ」

慎之介が振り返ったとき、浪人はすっと刀を持ちあげた。剣尖《けんせん》を向けられた慎之介の顔に恐怖と驚きが走った。とっさに慎之介は刀を取りに行こうとしたが、その背に強い衝撃が走った。

浪人は斬り捨てた慎之介のことなど意にも介さず、ずかずかと座敷にあがり込み、襖《ふすま》を開けて、つぎつぎと部屋をあらためてゆく。

「なにをなさるのですか？　どちらの方でございましょうか……」

これは屋敷に雇われている中間《ちゅうげん》だった。

浪人は無言のまま一瞥《いちべつ》しただけで、中間を斬り捨てた。障子《しょうじ》に血潮《ちしお》が飛び散った。

そのとき、奥の間から楚々《そそ》とした女があらわれた。

伝次郎の妻、佳江《よしえ》だった。浪人と目が合うと、気丈にもきりっと眉《まゆ》を引き締め、

「狼藉者《ろうぜきもの》、許しませぬ」

と、いい放つや、佳江は短剣を構えて、浪人と対峙《たいじ》した。浪人は不気味な笑みを口辺《こうへん》に漂わせ、間合いを詰めてゆく。

佳江はじりじりと下がるしかない。

浪人は徐々に追いつめてゆきながら、血刀《ちがたな》をゆっくり振りあげた。

「やめろ！　やめろ！」

表から声がした。だが、浪人は気にも留めず、刀を袈裟懸《けさが》けに振り下ろした。

駆けつけてきたのは、伝次郎であった。中に飛び込もうとしたとき、浪人が出てきた。伝次郎は足を止めると、荒い呼吸をしながら浪人をにらみつけた。

「こやつ、許さぬ」

そういって、刀を抜こうとしたが、どういうわけか刀は鍔元《つばもと》で固まったようにびくとも動かない。

「うむッ……」

渾身《こんしん》の力で愛刀を抜こうとしても抜けない。その間に、浪人が間合いを詰めてくる。

焦《あせ》りながら伝次郎は自分の抜けない刀と、相手を交互に見る。

伝次郎は後退しようとするが、今度は足が地にからめ取られたようになって動くことができない。刀も抜けない。そうこうするうちに、浪人の間合いになり、凶刃が振りあげられた。

どうすることもできない伝次郎は、目をみはったまま自分に振り下ろされる刀の軌跡を眺《なが》めているしかなかった。

「うわっ」

恐怖の悲鳴を発し、夜具《やぐ》を払いのけて、半身を起こした伝次郎は、びっしょり脂汗《あぶらあせ》をかいていた。夢を見ながら、これは夢だと意識していたのだが、目を覚ますことができなかった。

ふうと、大きな吐息をついた伝次郎は、枕許《まくらもと》の手ぬぐいをつかみ取って、汗をぬぐった。腰高障子《こしだか》は夜明けのあわい光を受けている。小鳥たちのさえずりがしていた。

伝次郎はそのまま夜具の上で、じっと一点を見つめた。自分の妻と息子、そして使用人を惨殺《ざんさつ》した浪人の顔ははっきりしなかったが、あれは津久間《つくま》戒蔵《かいぞう》にちがいなかった。

実際、伝次郎は家族がどのように惨殺されたかは知らない。帰宅してその惨状を目《ま》の当たりにしたのだった。

（もう、あれから四年の歳月が流れようとしているのか……）

悪夢から覚めた伝次郎は、そのことに気づいてゆっくり身を起こした。

股引《ももひき》に腹掛《はらが》け半纏《ばんてん》という出で立ちになった伝次郎は、壁に立てかけている木刀をつかんで長屋を出た。

町には川霧が立ち込めていて、昇りはじめた日の光が雲の向こうにある。息をすれば白くなるほど肌寒い季節になっていた。

神明社《しんめいしゃ》の境内《けいだい》に入ると、まずは本堂の前で拝礼をすました。その後、手水場《ちょうずば》のそばに立つ。大銀杏《おおいちょう》の下である。黄色く色づいた銀杏の葉が地面をおおっている。新たに枝を離れた銀杏の葉が、目の前に舞い落ちた。色づいているのは銀杏だけではなかった。楓《かえで》は燃えるような緋色《ひいろ》になっており、青い山茶花《さざんか》と絶妙な色彩を際立たせている。

伝次郎はゆっくり素振りを繰り返した。呼吸を乱さない単調な動きである。腕と足は一定の調子を保ちつづけている。

その間にも夢のことが思いだされた。

津久間戒蔵は行方をくらましたままだ。愛する妻と子を殺した凶悪犯。

津久間の凶刃に倒れたのは家族だけではない。伝次郎の使用人もいたし、罪もない町のものたちも含まれている。職人もいれば、商家の奉公人もいたし、江戸に在府《ざいふ》している諸国の勤番侍《きんばんざむらい》もいた。犠牲者は二十人は下らない。

津久間をすんでのところで捕り逃がして以降、その行方は杳《よう》として知れない。だが、品川《しながわ》で似ている男を見たという情報もあった。

また八丁堀界隈《かいわい》で、伝次郎のことを聞きまわっている女がいるという話もあった。その女は津久間の手先かもしれない。

津久間は元は肥前唐津《ひぜんからつ》藩の番士であった。そのために唐津藩の目付も行方を追っている。もちろん、江戸町奉行所の探索も打ち切られてはいない。

しかしながら、歳月が過ぎれば過ぎるほど探索熱は薄れ、凶悪な事件も風化してゆく。実際、津久間戒蔵のことを思いだす町奉行所同心も少なくなっている。

伝次郎はその津久間のために、町奉行所を辞することになり、また家族を殺されてもいる。決して許せる相手ではない。

伝次郎は津久間がひそかに自分をつけ狙っていると考えていた。軽傷とはいえ、津久間に傷を負わせたのは唯一伝次郎であるし、もう少しのところまで追いつめたのも伝次郎であった。

妻と子が殺されたのは、その逆恨み以外のなにものでもない。

きっと仇《かたき》は討つ。

悪夢がその決意を、新たにゆるぎないものにしていた。

素振りを終えた伝次郎は、型稽古《かたげいこ》に入った。雲間から光の条《すじ》が地上に射し、伝次郎の汗が照り返った。

二

朝餉《あさげ》をすませて、自分の舟をつないでいる芝翫河岸《しかんがし》に行くと、すでに朝霧は晴れ、小名木川《おなぎがわ》には行き交う舟の姿があった。猪牙《ちょき》に荷舟《にぶね》に艀舟《はしけ》……。

川向こうには船宿《ふなやど》「川政《かわまさ》」の船頭たちの姿が見られた。みんなその日の仕事の支度にかかっていた。伝次郎も自分の舟を軽く掃除し、雁木《がんぎ》で一服つけた。

朝夕の冷え込みは厳しくなっているが、日中は日射しさえあれば、まだ体をふるわせるような気候ではなかった。

俵物を積み、行商人を乗せた行徳船《ぎょうとくぶね》が高橋《たかばし》をくぐり抜けて、大川《おおかわ》のほうに向かっていった。その船の作る波が、岸辺に打ちよせてきて、舫《もや》われている小さな舟を揺らした。

そんな様子をぼんやり眺めていると、船頭の師匠だった嘉兵衛《かへえ》の顔が瞼《まぶた》に浮かんだ。

「伝次郎、川ってのは生き物だな」

ごつごつと骨張《ほねば》った手で、しわの深い顔をなでてつぶやいた。

「見てみろ。こんなに波が動いていやがる。満潮のときはとくにそうだ。たっぷり水をたたえたときは、川の顔はこんなに変わりやがる。深くて濃い青だ」

大川の畔《ほとり》に座って話す嘉兵衛は、愛おしむような顔をしていた。伝次郎はいわれるまま、大川の流れを眺めていた。

たしかにいわれるとおりであった。大川もそうだが、市中を縦横《じゅうおう》に縫うように造られた水路は、江戸湾の満潮時と干潮時では色を変えた。

季節でもその色を変えたし、天候の変化でも色を変えた。晴れた日はきらきらと水晶《すいしょう》のようにきらびやかに輝き、曇天《どんてん》下では重い油を流しているように見えた。

伝次郎が好きなのは、赤い夕日の帯を走らせる小名木川の夕景であった。神田川《かんだがわ》や竪川《たてかわ》も悪くないが、小名木川の夕日は殊《こと》の外《ほか》きれいに思えた。

「生き物だな」

嘉兵衛は煙管《きせる》を吸いつけていった。

「川は水を抱く生き物だ。その水も、また生き物だ。どっちが欠けても用をなさねえ。船頭の心得は何度も教えたが、伝次郎や、川を甘く見ちゃならねえ、水を甘く見ちゃならねえ。そして、川と仲良くなることだ。川を敬《うやま》ってやることだ。神様や仏様のようにな」

伝次郎はそういう嘉兵衛の横顔を見た。すると、嘉兵衛も顔を動かして伝次郎を見つめてきた。船頭仕事を教えるときは、容赦《ようしゃ》なく怒鳴り、棹《さお》で尻を引っぱたいたりするが、そのときは父親が子を教え諭すようなぬくもりのある顔をしていた。

「船頭のことは教えるだけ教えてきたが、そのことを忘れちゃならねえよ」

そういった嘉兵衛が棹を持って艫《とも》に立つ姿は、なんともいえなかった。体は伝次郎の半分もない小柄な男だったが、はるかに大きく見えた。

小柄な役者でも名優ともなれば、舞台に立つと大きく見える。それと同じような錯覚を覚えさせた。

「客が不安になるような船頭じゃだめだ。ああ、この船頭だったらまかしていられると思われるようにならなくっちゃ、一人前とはいえねえ」

船頭のイロハを指導するとき、嘉兵衛が口癖のようにいった言葉だった。

束の間、昔日《せきじつ》に思いを馳《は》せていた伝次郎は、煙管の灰を雁木に打ちつけて尻を払うと、舟に乗り込み仕事にかかった。

小名木川から大横川《おおよこがわ》を流しながら客を拾い、神田佐久間《さくま》河岸や花川戸《はなかわど》河岸、あるいは山谷堀《さんやほり》などへ送り届け、帰りにまた客を乗せるといった按配《あんばい》でその日は刻々と過ぎていった。

深川の油堀《あぶらぼり》に架かる千鳥《ちどり》橋のそばで客をおろしたときは、すっかりあたりが暮れていた。この季節は日が傾いたと思うと、すぐに夕闇が迫ってくる。

今日の仕事はこれで終わりにしようと思い舟を出そうとしたとき、

「船頭さん、待っておくれ」

と、ひとりの男に声をかけられた。

「申しわけありやせん。今日はもう仕舞いなんで……」

伝次郎はすっかり板についた職人言葉で応じた。

「そんなことといわないで、乗せておくれよ。わたしを最後の客にすればいいじゃないか」

伝次郎はふっと短く嘆息《たんそく》をして、河岸道に立つ男に、

「それじゃどうぞ」

といって、舟を岸につけなおした。

「どこへ……」

「どこでもいい。船頭さんの好きなところへ頼みます」

伝次郎は客を見た。舳先《みよし》を向いているので、顔はわからないが、まだ二十代半ばの若い男だった。職人ではなく商家の奉公人風情《ふぜい》である。言葉つきも丁寧《ていねい》だ。

「好きなところへって……それじゃ困るんですがね」

「……だったら、大川を上っておくれ。あとで行き先はいうよ」

男は投げやりな口調でそんなことをいう。

伝次郎はしかたなく舟を出した。

いろんな客を乗せるが、たまにこの男と同じようなことをいう客がいる。そのほとんどはご機嫌《きげん》な酔客だが、この男は素面《しらふ》である。気になるのは陰鬱《いんうつ》な顔で、舟に乗ったきり黙り込んでいることだ。無口というのではなく、なにか深く思い悩んでいるふうであるし、何度も肩を動かしてため息をつく。

大川の水嵩《みずかさ》は上がっていた。海が満潮に近づいているのだ。そんなときは舟を上らせるとき幾分《いくぶん》楽になる。逆に潮が引くときは、引き潮に逆らって舟を上らせなければならない。下りだと、その逆になる。

江戸の河川の水量は海に影響されるので、船頭は潮の満ち引きによって仕事が楽になったりきつくなったりする。

ぎぃぎぃと、櫓《ろ》の軋《きし》む音が暗い川面《かわも》に広がってゆく。櫓を強く動かすたびに、舟はぐいぐいと舳先を持ちあげるようにして波を切る。

水面には舟提灯《ふなぢょうちん》のあかりが映り込んでいる。大川沿いの町屋《まちや》には点々としたあかりがある。橋の上にも動くあかりがある。それは提灯を持って歩く人がいるからだ。

前方に大きな弧を描き、一際《ひときわ》黒く象《かたど》られた大橋《おおはし》が見えたとき、

「竪川に入っておくれ」

と、客がいった。伝次郎は舳先を竪川に向け、一ツ目之橋《ひとつめのはし》をくぐった。流れが急にゆるやかになったので、操船を櫓から棹に替えた。

「どこまで……」

「南辻橋から大横川に入ってください。それから油堀に戻っておくれまし。急がないでゆっくりやってくれないかい」

なんだ、また深川に戻るのかと、伝次郎は内心であきれたが、客に逆らうことはできない。いわれたとおり、ゆっくり舟を操った。

棹を持ちあげるたびに、張りついたしずくが棹をつたい、ぴちゃっと、暗い水面で音を立てた。

「船頭さん、死にたいと思ったことはないかい……」

背中を向けていた客が振り返ってそんなことを聞いた。舟提灯のあかりに染められた男の顔には、深い苦悩の色があった。

「そんなことはありませんね」

苦笑を浮かべて答えると、

「わたしは死んでしまいたい」

と、いって客はまた背を向けた。

三

客はそのまま沈黙していた。猪牙舟は静かに波をかきわけながら進む。伝次郎は艫に立ったまま客の背中を見ては、棹をさばく。

棹は音もなく水に入り、音も立てずに川底を突くが、抜くときには棹先からしずくが落ちて小さな音を立てる。舟もわずかに軋む音を立てる。

河岸道からにぎやかな声が聞こえてきたとき、客がまた振り返った。

「船頭さん、それじゃ人を殺したいと思ったことはありませんか？」

伝次郎は棹を動かす手を止めて、じっと客を見た。

「なにを悩んでいるんです？　変なことは考えないほうがいいですよ」

「そりゃ人なんか殺せはしないけど、そんな気持ちになるときがあるんです。いっそのこと心中してやろうかなんて思ったりもするけれど、それもできない。だったら、自分ひとりが死んでしまえばいいんじゃないかと……なにをやってもだめだし

……」

客は「はあ」と、大きなため息をついて、舟縁《ふなべり》から手を出して水をすくった。

「真面目に生きていればいいこともあります。腐っちゃだめですぜ」

伝次郎はそういって、舟の舳先を右に向けた。南辻橋をくぐり、大横川に入るのだ。

「……なんだかなー」

客はそんなことをいって、夜空をあおいだ。満天《まんてん》の星がきらめいていた。

伝次郎はなにかを思い悩んでいる客を盗み見ては、舟を進めた。なにか問われれば答えるつもりだったが、客は口をつぐんでしまった。

「仙台堀《せんだいぼり》に入ってください」

大横川を下っていると、客がそう指図した。伝次郎はいわれたとおりに舟を操る。

仙台堀に入ると、客は海辺橋《うみべばし》のたもとで降ろしてくれという。

客の住まいはその辺なのだろうかと、伝次郎は勝手に推量する。

「なんだか無理に付き合わせてしまったようで、悪かったね」

海辺橋のそばにつけたとき、客は殊勝《しゅしょう》な顔で謝って、舟賃を訊《たず》ねた。伝次郎は頭の中で算盤《そろばん》をはじき、

「百五十文でよろしゅうございます」

と答えた。三十町ほどの移動で百五十文というのが相場である。距離はそこまでないだろうが、この辺は大まかであるし、文句をいう客もめったにいない。

「生きてりゃいやなこともあります。自棄《やけ》にならないことです」

降りた客にいってやると、河岸道に立った客が振り返った。じっと伝次郎を見つめてくる。夜目にも色白の顔で、華奢《きやしゃ》な体つきだ。

「ありがとうございます」

客はちょこんと辞儀《じぎ》をして歩き去っていった。その後ろ姿を見送ってから、伝次郎は舟を出した。一度大川に出て、小名木川に入ることになる。

伝次郎は暗い河岸道に目を向けたが、さっきの客の姿はどこにも見あたらなかった。

（まっすぐ帰ったのだろう）

そう思って、強く棹を突き立てて舟を進め、しばらく惰性にまかせた。手ぬぐいで顎《あご》をぬぐい、町屋に目を注ぎ、何気なく背後を振り返ったとき、はっとなった。

さっき客をおろした海辺橋の中ほどに、ひとりの男が立っていたのだ。体つきからして、さっきの客にちがいなかった。

(まさか身投げ……)

仙台堀は川幅約二十間《けん》あり、深さは一間半ほどだが、満潮なのでもっと深くなっている。身投げするに不足はない。伝次郎は急いで岸辺に舟をよせると、河岸道にあがって駆けた。

男はじっと川面を見つめていたが、欄干《らんかん》に手をかけ、身を乗りだした。

(いかん)

足を早めた伝次郎は、駆けながら「待て」と声をかけた。

さっと男の顔があがり、伝次郎に気づいた。やはり、さっきの客だった。星あかりに色白の顔が浮かびあがったのだ。

「邪魔をしないでください」

男はそういうと片足を欄干にかけて、飛び込む体勢になった。

「やめろ、やめるんだ」

伝次郎は男の袖《そで》をつかんで、引き留めた。

「なにがあったのか知らねえが、早まったことをするんじゃねえ」

「わたしは生きていてもつまらない人間なんです」

「そんなことはない。どんな人間でもなにかの役に立っているんだ。死んだら元も子もないだろう。親兄弟だっているだろうし、女房子供だっているんじゃないのか」

「…………」

「人を悲しませちゃならねえ」

男は泣きそうな顔で伝次郎を見つめる。

「おれでよければ、なにがあったか話してくれねえか」

「……聞いてもらえますか」

伝次郎はゆっくりうなずいた。

深川万年町《ふかがわまんねんちょう》の小さな居酒屋に入って、二人は向かいあった。

男の名は直吉《なおきち》といった。一月前に仕事をやめて、新しい勤め先を探しているらしい。女房のことを聞くと、

「三年前にぽっくり流行病《はやりやまい》で死んじまったんです」

と、眉尻をたれ下げて酒を舐《な》めるようにして飲む。

「仕事がないから自棄になったというのか？」

「いえ、そうじゃありません」

「だったらなぜ、死にたいなどと思う」

直吉は膝頭に置いた手をしばらく見つめて顔をあげた。明るいところで見ると、鼻筋の通った色男だ。ただ、意志の弱い目をしている。

「わたしはまわりに迷惑ばかりかけているんです。親不孝でうだつのあがらない男だから、しかたありませんが、今日は惚れた女にまで見放されてしまいまして……」

どうやら女が原因のようだ。

「見放されたって……袖《そで》にされたのか？」

直吉は力なくうなずく。

「だったら仲直りすればいいだろう。女は気紛《きまぐ》れな生き物だ」

「そうでしょうか……」

直吉はきらきらと瞳を輝かせる。

「女心と秋の空は変わりやすいというだろう。おまえさんは真面目そうな男だ。きっと虫の居所が悪かっただけだろう。明日にでも会ってよく話すことだ」

「なんだか、そういわれると気が楽になります。そうですね、そうかもしれません」

直吉は単純なのか、納得顔をする。伝次郎はそんな様子を見て、さっきも本気で死ぬ勇気はなかったはずだと思った。

「どこに住んでいるんだ？」

「三角屋敷《さんかくやしき》です」

「それじゃおれの舟に乗った近くか……」

三角屋敷は町名である。富久町《とみひさちょう》と平野町《ひらのちょう》に挟《はさ》まれた町屋で、南側は油堀の河岸地になっている。

「おれは芝翫河岸に舟をつけている。これもなにかの縁だろう。あまり頼りにはならねえだろうが、相談したいことがあったら遠慮なく訪ねてきな」

安請け合いをしたが、直吉はそう悪い人間ではなさそうだ。害にはならないはずだった。

「へえ、ありがとう存じます。伝次郎さんとおっしゃるんですか。声をかけてよかったです。じつはわたしのおっかさんは、高橋の近くで小さな瀬戸物屋をやっているんです」

「へえ、そうだったか。なんていう店だ?」

「『三吉屋《みよしや》』と申します。道分稲荷《みちわけいなり》のすぐそばです」

「へえ、あのそばか。今度冷やかしにでも行ってみるか」

伝次郎は軽口をたたいて勘定《かんじよう》を頼んだ。直吉が払うといったが、

「職探しをしている男に甘えちゃ船頭の名折《なお》れだ。まかしとけ」

と、拒んだ。

四

「親方も人使いが荒くってかなわねえや」

そうぼやくのは川政の船頭・佐吉《さきち》だった。

「政五郎《まさごろう》さんはおまえのことを思っててんだよ」

愚痴に付き合うつもりのない伝次郎は、さらりといなす。

「なにいってんです。女房はいいとしても、ガキに祭りを見せてやりたかったんです。来年もあるっちゃありますが、今年は天気がよかったじゃねえですか。去年みてえに雨に祟《たた》られちゃガキも可哀想ですからね」

佐吉は子供を猫っ可愛がりしている。いっしょに神田祭を見に行くんだと、夏ごろからいっていた。

「そうはいっても終わっちまったんだ。来年を待つしかねえだろう」

「そういわれちゃ身も蓋もねえ。それにしても伝次郎さんは、親方の肩を持ちやがる。たまにはあっしらのこともうまくいってくださいよ」

「なにをいえってんだ……」

伝次郎は吸っていた煙管の雁首《がんくび》を雁木に打ちつけた。直吉と会ってから二日がっており、いま伝次郎は佐吉と川政の舟着場にいるのだった。

川政の主《あるじ》・政五郎と伝次郎は、馬が合い、ときどき酒を酌《く》み交《か》わす仲である。これは師匠の嘉兵衛に教えを受けているときから変わらない。

政五郎は骨のある男で、義理堅くもあり度胸も据わっている。川筋で暮らしを立てる船頭らにも、一目置かれる男だった。

そんな政五郎も、伝次郎に厚い信頼を置いており、なにかと便宜《べんぎ》を図《はか》ってくれていた。しかし、伝次郎が元町奉行所の同心だったということは知らない。教えれば態度が変わるのは明らかだし、付き合いにもいくらかの垣根が生じるだろう。だから、伝次郎は自分の過去はあくまでも伏せている。

「まあ、腕に見合った給金を出してほしいってことですかねえ」

佐吉はしばらく考えてからいった。

「そんなことはおれの口出しすることではねえだろう。不平があるんだったら、直談判すりゃいいんだ」

「かーッ、相変わらず手厳しいことを……」

佐吉はおどけ顔で、自分の頭をぺしりとたたいた。

「さあ、いつまでも油売ってると、雷が落ちるぞ」

「おっと、そうだった。くわばらくわばら……」

ひょいと腰をあげた佐吉は、身軽に自分の舟に飛び乗って笑顔で振り返り、

「伝次郎さん、たまにはやりますか」

と、酒を飲む仕草《しぐさ》をした。

「ああ、いつでも誘ってくれ」

佐吉の舟が去っていくと、伝次郎も自分の舟に乗った。空気が澄《す》んでいるので、冠雪《かんせつ》している富士をはっきり見ることができた。

川中から眺める町屋はあまり変わり映えしないが、道行く人々はすでに袷《あわせ》に替えていて、風の強い日などは肩をすぼめ、背をまるめて歩く。武家屋敷の塀越しに聳《そび》える銀杏は黄色く色づき、欅《けやき》や榎《えのき》は枯れ葉を散らしている。

そんな景色を見るともなしに見ながら仕事に精を出し、夕日に染められた空の下を飛んでいく雁の姿を見るころに仕事を終えた。

『ちぐさ』という飯屋の暖簾《のれん》をくぐって店に入ると、女将《おかみ》の千草《ちぐさ》が振り返った。襷《たすき》がけに前垂れをした足許に、白い脛《はぎ》がのぞいていた。

「あら、お早いこと……」

「日が暮れると急に冷え込みが強くなっていけねえ。熱いのをつけてもらおうか」

伝次郎は狭い小上がりに腰を据えた。もう、そこが自分の定席《じょうせき》のようになっている。

「わたしも寒いのは苦手ですわ。さあ、どうぞ」

熱燗《あつかん》を持ってきた千草が酌《しやく》をしてくれる。

「おれも人肌が恋しくなる」

「あら……」

千草がまばたきをした。

「寒くなればみんなそうだろう。おまえさんはどうだ？」

「そりゃわたしだって……」

「なんだ」

千草は拗《す》ねたようにぷいっと背を向けた。

「女にそんなことをいわせる気ですか。意地悪ね」

「おいおい、からかってるんだ」

普段は気の荒い職人のきつい冗談もさらりと受け流す、客あしらいのうまい女である。こんなことを真《ま》に受けられたら、伝次郎としては困ってしまう。

「わかってますわよ。でも、伝次郎さんにそんなこといわれると、なんだかねえ」

「なんだかねって、なんだい？」

「こんなところは勘《かん》が鈍《にぶ》いのね。馬鹿ッ」

千草はふいと板場に下がっていった。

「馬鹿……」

伝次郎は首をすくめて酒に口をつけた。最近、自分に対する千草の態度が微妙に変わっていることに気づいていた。一押しすれば、こっちになびきそうだというのもわかっている。だが、躊躇《ためら》いがある。

妻子の仇を討つまでは、嫁は取らないと決めている。もし、仇を討つ前に嫁を取れば、すべてを告白しなければならないし、津久間の返り討ちにあうかもしれない。そうなれば、嫁を悲しませることになる。

「伝次郎さん、口開けの客だからこれはないしょよ」

しばらくして板場から戻ってきた千草が、酒の肴《さかな》を持ってきた。

「ほう、芝海老《しばえび》の天麩羅《てんぷら》か……」

「揚げたばかりだから、お塩でいただいてくださいな」

「これはうまそうだ」

粗塩《あらじお》をつまんでぱらぱらっとかけて、天麩羅に箸をのばした。

「よお、ご両人。仲良くやってるね」

がらりと戸を開けて入ってきたのは、近所の元気者の大工《だいく》だった。

「なんだ、天麩羅じゃねえか。女将、おれもそれをもらおうじゃねえか。まさか伝次郎さんのためだけの誂《あつら》え肴じゃあるめえな」

「ちゃんとあるわよ。さ、さっさと座って。ただでさえむさ苦しいんだから、突っ立ってると邪魔よ」

千草はいつもの調子に戻って板場に下がった。

「けっ、愛想《あいそ》のねえ女だ。あれじゃ可愛い女も台無しだ。おい、早く酒持ってこいよ」

「いま行くわよ」

大工はまいったねと、ぼやいて伝次郎を見る。

「伝次郎さん、景気はどうだね」

「相《あい》も変わらずだ」

「だけど、独《ひと》りもんは気楽でいいよな」

他愛《たわい》もない話からいつもの世間話になり、伝次郎は適当なところで切りあげた。

五

直吉を見かけたのは、その明くる日だった。昼過ぎから急に雲行きがあやしくなったので、早めに仕事を切りあげた夕刻のことである。

舟をつないで、河岸道にあがったとき、高橋をわたってゆく直吉が見えたのだ。声をかけようとしたが、直吉が急ぎ足だったのでただ見送る恰好になった。

その後、直吉がどうなったか、うっすらと気にかけていた伝次郎である。なにしろ死にたいと思いつめていた男だ。気にならないほうがおかしい。だが、元気そうに歩いている姿を見るかぎり、死ぬのはあきらめたと考えていいだろう。

伝次郎が直吉のあとを追うように高橋をわたったのは、気紛れであったかもしれない。また、直吉の母親がやっている瀬戸物屋をのぞきたいという好奇心もあったかもしれないし、もし気の利いた瀬戸物があれば、それを千草に買ってやろうという気持ちもなきにしもあらずであった。

「よう、伝次郎」

高橋のそばで呼び止められた。政五郎だった。

「もう仕舞いかい。早いじゃねえか」

「この空です。雨に降られちゃかなわないでしょう」

伝次郎は鼠色《ねずみいろ》の雲が張りだしている空をあおいで、政五郎に顔を戻した。

「たしかに一雨来そうな雲だ。うちの船頭らにも早仕舞いさせるか。どこ行くんだい？」

「近所に野暮用《やぼよう》です」

「近いうちに一杯やろうじゃねえか。毎晩女房相手じゃ気持ちが腐っていけねえ。かといってうちの船頭とやると、ぼやきを聞かされる」

船宿の主も悩み多き男らしい。体も顔も肉づきがよくて貫禄《かんろく》があるが、自分の勝手どおりにはいかないらしく、情けなく眉尻を下げる。

「ころ合いを見計らって、おれのほうから声をかけますよ」

「おめえさんの誘いならいつでも歓迎だ。さ、船頭らを引き揚げさせよう」

政五郎はそういって自分の船宿に戻っていった。出入口の半暖簾が、風に吹かれてめくれあがっていた。

海辺大工町《うみべだいくちょう》の途中に、道分稲荷につづく小路がある。直吉の母親が営んでいるという瀬戸物屋は、その小路に入って四軒目にあった。

腰高障子に「せともの　三吉屋」という文字が走っており、幟《のぼり》にも同じ字が染め抜かれていた。小路を吹き抜ける風が、その幟をぱたぱたとはためかせた。

「だったらもういいよ」

ガラッと戸が開き、直吉が勢いよく飛びだしてきた。そこに伝次郎がいるのにも気づかず、表通りに一目散に駆けていった。声をかけようとしたが、その暇もなかった。それに、

「直吉、お待ち！」

と、叫ぶようにいって出てきた女にぶつかられたので、そっちに気を取られてしまった。

「あ、これはすみません。堪忍《かんにん》してください」

ぶつかってきた女は小腰《こごし》を折って、伝次郎に謝った。手ぬぐいを姉さん被《かぶ》りにした中年の女だった。

「どうしたんだい。あれは直吉だろう」

伝次郎がそういうと、女はびっくりしたように目をみはった。

「直吉を知っているんですか？」

「ちょいとした知り合いだ。おれは船頭をやっているんだが、この前客になってくれてな」

「そうでございましたか。それはどうも……」

女は直吉の母親で、おときだと名乗り、ちょこんと頭をさげた。

「なにかあったのかい。血相《けっそう》変えて飛び出していったが……」

おときは暗い顔をして、

「あの子には手を焼かされどおしで、どうしてああなっちまったのかと……」

そういうと、首を振ってため息をついた。

「ちょいといいかい？」

伝次郎は断って店に入った。間口《まぐち》も狭いが、商品を置いてある場所も狭かった。大きな器は少なく、小皿や丼《どんぶり》や茶碗、それに湯呑みなどが主であるが、一目《ひとめ》で趣味のよい焼き物が多いのがわかった。

「これはおかみの目利《めき》きかい？　いいものを置いてあるな」

伝次郎は刺身皿を手に取り、裏の高台《こうだい》を眺めた。素人目にもいい皿だとわかる。絵付けもよいし、磁器《じき》の風合いがよかった。

「店が奥まっておりますので、どうせなら少し値の張るものを置いてしまおうと、そう考えてのことでございます」

おときはそう説明をして、茶を淹《い》れてくれた。

伝次郎がひとつの急須《きゅうす》を手にとると、

「それは年代物です。地味な急須ですが、造りはしっかりしておりますし、なにより形がよいです」

と、おときがいう。

「高いのかい？」

「勉強して二朱《しゅ》でしたらおわたしできます」

伝次郎の一日の稼ぎに匹敵《ひってき》する値だった。だが、気に入った。

「これをもらおう」

「ありがとうございます。では箱に入れますので……」

おときは思いもよらぬ客に気をよくしたのか、手を動かしながら、直吉とどういう関係なのかなどと話しかけてきた。

「深い間柄じゃない。この間、舟に乗せただけだ。まあ、軽く一杯やりもしたが……」

「あれとお酒を……」

おときは作業の手を止めて伝次郎を不思議そうに見る。行灯《あんどん》が暗いせいか、おときの顔はずいぶん老《ふ》け込んで見えた。

「わたしのことを話していませんでしたか？」

「自分は親不孝者だと、しんみりした顔でいっていた。後悔している口ぶりだった」

「後悔……。あの子はいつでも後悔のしどおしですよ。仕事はなにをやってもつづかない。できるのは金の無心《むしん》ばかり。嫁には逃げられるし……。毎日なにをやっているのやら……。わたしゃ悩まされどおしで、ほとほと疲れてしまって……」

言葉どおり疲れた口調だった。

「女房は流行病で死んだのではないのか……」

伝次郎はそう聞いていた。

「死んじゃいませんよ。愛想を尽かされて、逃げられたんですよ。ろくにはたらきもしないから、あたりまえのことでしょう。父親が生きているときはまだよかったんですけどね」

「いつ死んだんだい？」

「一年ほど前です。亭主は子に甘いから、なんだかんだと理由をつけられれば、すぐに金をわたし、物わかりのいいことをいって……。わたしはそのたんびにたしなめるんですけど、直吉もそのうちわかってくれる、の一点張りです。そんな按配だから、直吉は父親に甘えどおしで、なにひとつものにならないんです」

「…………」

「あの人が生きてるときは、大きな店を深川《ふかがわ》の馬場《ばば》通りに出していたんですけど、わたしひとりじゃ切り盛りが大変だから、ここに移ってきたんです。直吉に店を譲ってもいいんですけど、その気がないようで……困った子です」

「さっきは喧嘩でも……」

「いつものことです。これが最後だ。今度はちゃんとはたらいて一人前になってみせる。親孝行もするし、おっかさんの面倒も見るからと……もう、耳にたこができるぐらい聞いた科白《せりふ》ですよ。自分の腹を痛めた子だから、むげにもできませんし、多少の都合はしてやりますが、それもたびたびだと、こっちもたまりません。あの子のことを考えると、ため息が出るやら、眠れなくなるやら、そんなこんなですっかり疲れてしまいました。さ、できました。どうぞ……」

おときは桐箱《きりばこ》に丁寧に詰めた急須をわたしてくれた。

「今度会ったら叱ってもらえませんか。親がいっても聞かないんですよ」

「お節介《せっかい》にならなきゃ、ちょいと話しておきましょう」

六

「若松屋《わかまつ》」は深川馬場通りにある商家のなかでも、五本の指に入るほどの大きな店だった。

扱っているのは、鼈甲《べっこう》に櫛《くし》笄《こうがい》簪《かんざし》である。おもに女相手の商売だが、鼈甲細工に定評があり、男物の巾着《きんちゃく》や煙草入れも人気商品のひとつだった。

この店で、お房《ふさ》は二年ほど前からはたらいている。当初の仕事は隠居夫婦と、主・惣右衛門《そうえもん》の子供の世話だったが、惣右衛門の父・勘右衛門《かんえもん》が一年前に他界《たかい》してからは、番頭の手伝いをするようにもなっていた。

「まったくお房さんのようなはたらき手が来てありがたいよ。読み書きだけでなく、算盤勘定がこれほどできるとは思いもしなかったからね」

惣右衛門は目尻にしわをよせて、お房の仕事ぶりに満足していた。

その日もお房は、帳簿つけを手伝っていた。やっと一区切りつけることができたのは、宵《よい》五つ（午後八時）をまわったころだった。

「番頭さん、先月分までは終わりましたので、あとは明日にでも片づけます」

結界《けっかい》の中にいる番頭の茂兵衛《もへえ》に声をかけると、

「なに、もう先月分まで片づけたのかい」

と、眉を上下させて驚いた顔をする。

「はい、まちがいがあったらいけませんので、あらためてください」

「あんたには感心しちまうね。旦那さんの目の付けどころにも頭がさがるけど、あんたの仕事っぷりには……いやはや」

感心顔で茂兵衛は首を振り、自分がつけていた帳簿を閉じて、お房が片づけたという帳簿の束を受け取った。

「それじゃ今夜はこれで失礼いたします」

「ああ、気をつけてお帰り」

お房が頭をさげて腰をあげると、すぐに茂兵衛が呼び止めた。

「旦那さんは、寄合《よりあい》でいないからこのままお帰り。それより、わたしのほうから給金をはずむようにいっておくよ」

「そんな、わたしは今のままでも……」

いやいやいけないと、茂兵衛は手を振って遮る。

「あんたの仕事ぶりは、手代《てだい》以上だ。それに子供の面倒も、大奥様の世話もやっているんだ。それ相応の給金をもらうのはあたりまえだ。旦那さんも、文句はいわれないはずだよ」

「ありがとうございます」

「遅くまでご苦労だったね」

人を包み込むような笑みを見せる茂兵衛に、お房は再度頭をさげた。

馬場通りに昼間のにぎわいはなかった。居酒屋や料理屋のあかりのこぼれる道には、ときどき男たちの下卑《げび》た声と笑い声が聞かれた。

表に出たお房は、自分の足音を消すようにして歩く。夜風は日増しに冷たくなっており、襟をかき合わせなければならない。

家についたら真っ先に、火鉢の炭をおこそうと頭の隅で考える。どこかで犬の遠吠えがして、富岡八幡宮《とみがおかはちまんぐう》の境内から梟《ふくろう》の声が聞こえてきた。

油堀沿いの道を辿るお房は、ときどき周囲に目を配り、小さな吐息《といき》をつく。黒々と横たわる油堀の水面は穏やかで、満天の星を映し込んでいた。

黒江橋《くろえばし》、富岡橋とわたり、三角屋敷の自分の長屋に入った。赤子《あかご》のぐずる声と、亭主に小言をいう女房の声が聞かれた。長屋はなんら普段と変わることがない。

がらりと、腰高障子を開けたとたん、お房ははっと自分の胸を押さえて目をみはった。居間に人の影があったのだ。だが、すぐに相手が誰かわかり、

「直吉さん」

と、声をかけた。目を厳しくする。

「待っていたんだ」

「勝手に入ったのですね」

「悪いとは思ったが、あんまり遅いから……」

お房は無言のまま敷居《しきい》をまたぎ、後ろ手で戸を閉めた。そのまま上がり框《かまち》に腰をおろして、足袋《たび》を脱いだ。

「気分を悪くしているのなら謝るよ。このとおりだ」

直吉は額を畳にすりつけた。お房はきっとした目でにらむように見て、

「あかりを点《つ》けてください」

と頼んだ。それから火鉢の炭をおこし、五徳《ごとく》に鉄瓶《てつびん》を置いた。

暗かった部屋が、あわい有明行灯《ありあけあんどん》のあかりに満たされた。

「わけを聞きたいんだ。どうしてもいっしょになれないというそのわけを……」

直吉の言葉を無視してお房は火鉢の前に座り、炭を整えた。

「ずっと独り身でいる気かい……。わたしといっしょになれば、つらい仕事なんかしなくていいんだよ」

お房には直吉がなにを話したいか、おおよその見当がついていた。それに、なんとしてでも自分を口説き落として、所帯を持ちたがっていることもよくわかっている。

「今日、おっかさんに話をしてきたんだ」

お房は黙したまま火箸《ひばし》を使って炭を整える。パチッと炭が爆《は》ぜる。

「いろいろ考えた末に、店を継ぐことにした。ほうぼうの店で奉公をしてきたから、商売のイロハはわかっているし、おっかさんもそろそろわたしに譲りたいといっているんだ」

「…………」

「あんな奥まった場所でなく、もっと表通りに面したところに店を移して、おとっつぁんがやっていたときより、大きな商いをやるんだ。いっしょになれば、大店の女房だよ。なに不自由させやしない」

「…………」

「どうして首を縦に振ってくれないんだい。そんなにわたしのことが嫌いかい……」

お房はゆっくり視線をあげて、直吉を見た。

「直吉さんはいい人よ。嫌いではないわ。世話になった人だし、恩もあります。でも、わたしはあなたといっしょになれるような女ではないんです」

「それはこの前聞いたよ。なぜ、そうなのか教えてほしいんだ」

お房は深いため息をついた。それから家の中に視線を彷徨《さまよ》わせて、どういえばわかってくれるだろうかと考える。

「お房さんに振られたあの晩、わたしは死のうと思った。いや本気で死ぬつもりだった。海辺橋から仙台堀に身を投げようとしたんだ」

お房はゆっくり視線を動かして直吉を見た。

「……飛び込もうとしたすんでのところで、船頭に止められちまってね。……死んだら元も子もない。生きていればなにかの役に立つと説教されて、それじゃ死ぬ気になってはたらいてみようかと思いなおしたんだ」

「直吉さん、わたしはあなたのことを嫌いではありません。心根のやさしい人だと思っています。途方に暮れていたわたしに声をかけて、この長屋の請人《うけにん》にもなってくださいました。つてを頼って、若松屋ではたらけるようにもしていただきました。そのことは心から感謝しています。だけど……」

「なんだい？」

直吉はきらきらと瞳を輝かせて身を乗りだしてくる。

「どうしてもいっしょになることはできないんです。いっしょになれば、いずれあなたを悲しませることになります」

「なぜ、なぜそうなるというんだい？　わたしはきっとお房さんを幸せにしてみせるよ。嘘じゃない、ほんとうだ。信じて、わたしの許に来てくれないか」

直吉は膝をすって近づいてくると、お房の膝に片手をのせた。

「別れた亭主のことが忘れられないのかい？」

お房は首を振って、自分の膝に置かれた直吉の手を見つめた。

「ちゃんとわけを話してくれなきゃ、わたしは納得できないじゃないか。このままじゃ、やっぱりお房さんのことをあきらめるわけにはいかないんだ」

「それじゃ……いいます」

お房は視線をあげて直吉を見た。

「いっしょになれば、わたしはあなたを殺すことになるかもしれない」

「えっ……」

直吉は絶句して目をみはった。

第二章　三角屋敷

一

周囲の雑木林《ぞうきばやし》はすっかり紅葉していた。

熟した柿をついばみにくる目白《めじろ》のさえずりは清らかであるが、おなじ実を横取りしにくる鵯《ひよどり》は、いがらっぽい雄叫《おたけ》びのような鳴き声をあげる。

日当たりのよい縁側に腰をおろして、刀の手入れをしていた津久間戒蔵は、目釘《めくぎ》をたしかめ、打ち粉をぬぐい取って刀身を日の光にかざした。

そこは、渋谷《しぶや》道玄坂《どうげんざか》から大山道《おおやまみち》を上り、道玄物見松《どうげんものみのまつ》の先を左におれてしばらく行ったところにあるあばら屋だった。

いまやすっかりその家が、病んだ津久間の保養所を兼ねた隠れ家になっていた。もっとも近所には、豊後岡《ぶんごおか》藩の抱《かかえ》屋敷があったので、目立つ動きはしていない。そればかりではなく、豊後臼杵《うすき》藩と日向延岡《ひゅうがのべおか》藩の抱屋敷もあった。

そのことを知ったとき、

（これは油断《ゆだん》ならぬ）

と、ゆるんでいた気持ちを引き締め、警戒心を強くしていた。

津久間は町奉行所に追われるだけではない。仕えていた肥前唐津藩の目付も動いているはずだ。もっとも、探索の熱意はうすれてはいると思うが、追われる身の津久間は油断はできないと常々戒めている。

唐津藩小笠原《おがさわら》家は、同じ九州の大名である岡藩中川《なかがわ》家にも、さらには臼杵藩稲葉《いなば》家へも延岡藩内藤《ないとう》家にも探索の助《すけ》を頼んでいると推量できるからである。

何度かその家中のものと出会ったことがあり、どきりと胸をさざめかせたが、相手は食えない痩せ浪人と思ったらしく歯牙《しが》にもかけなかった。

（それにしても……）

津久間は手入れを終えた刀を脇に置いて、よく晴れわたっている空をあおいだ。

このところ体調がよいのだ。もっとも咳《せき》は相変わらず出るし、血痰《けったん》も出るが、以前ほど症状はひどくない。

(治るのかもしれない)

このごろそう思いはじめている。どうせ長くはないだろうとあきらめ、死を覚悟していたのだが、ぽっと救いの炎がともったような気持ちになっていた。

薬のおかげもあるだろうが、世話を焼いてくれているお道《みち》がいるからかもしれない。また、この地の空気が病んだ体を癒してくれているのかもしれない。

おまけに心持ちも変わってきている自分に、津久間は気づいていた。これまで何人もの人間を殺《あや》めてきた己の命などいらない、いつ死んでもかまわないと思っていたのが、このごろはわずかながらも生への渇望《かつぼう》がわいている。

「旦那、旦那……」

表に足音がしたと思ったら、すぐにお道の声が聞こえてきた。

「縁側だ」

声を返すと、お道は枝折戸《しおりど》を開いて庭にまわってきた。その庭には小さな畑が作られていた。お道は赤坂《あかさか》の遊女屋の女郎《じょろう》だったが、元々は百姓の出である。畑を作って野菜を作ろうといってこさえたのだった。

「お薬もらってきました。旦那の調子がよくなったといったら、お医者はずいぶん喜んでいました」

「さようか……」

津久間はお道から薬を受け取った。効果があるのかどうかあやしいものだが、気紛れに飲みつづけている。

「それから滋養《じよう》をつけろとおっしゃいました。体に力をつければ、病も逃げて行くそうです。途中にもゝんじを売っている店があったので、買ってきましたよ。今夜はそれを鍋にして食べましょう」

「ほう、もゝんじ屋があったか。それは知らなかった」

もゝんじとは獣肉のことである。鹿《しか》や猪《いのしし》、狸《たぬき》などだ。お道が買ってきたのは、鹿肉のようだった。

「旦那にはしっかり精をつけてもらわなきゃね」

にっこり微笑むお道は、その目に妙な色っぽさをたたえた。鼻ぺちゃであるが、醜女《しこめ》ではない。女郎をしていたぐらいだから、それなりの女の色気を備えている。

かといって、津久間はその気にはならない。もっとももう少し体に力が戻れば、どうなるかはわからないが……。

「日の暮れまでまだ間がありますが、どうします?」

「うむ、そうだな」

津久間は表に目を向けた。軽い運動を医者は勧めているし、自分でも少し歩きたいと思っていたし、他に考えもあった。

「少し歩いてこよう」

津久間は腰をあげて、外出の支度にかかった。その間、お道は台所に立ち、夕餉の支度をはじめた。その後ろ姿はなにやら楽しげである。

店の金を持ち逃げして、追っ手に見つかり殺されかけたころとは大ちがいだ。偶然とはいえ、津久間が雨宿りのために身をよせていた神社にいなかったら、いまごろは生きていなかっただろう。

助けられたことに恩義を感じているお道は、それ以来献身的に津久間に尽くしている。また、津久間もお道を助けたことで、仮宅《かりたく》を手に入れることができたのだった。もっともお道の持ち金はいつまでもつづきはしない。このあばら屋を買うのにも金がかかっているし、医者の薬礼も毎月支払っている。

金を工面《くめん》しなければならなかった。

「日の暮れ前には帰ってきますね」

戸口を出たところで、お道が声をかけてきた。前垂れをして、手ぬぐいを姉さん被りにしている。半ば女房気取りでいるが、津久間はなにもいわなかった。

「その辺をまわってくるだけだ」

津久間はそのまま表道に出た。行き先は決まっていた。大山道に出ると、西に向かった。渋谷道玄坂町とは逆方向である。旅人と行き会うかと思ったが、そういうときにかぎって出会《でくわ》さない。

しかたなしに足を進める。大坂《おおさか》を下った先で、二人連れの旅人がやってきた。揃えたように振り分け荷物を肩にかけ、手甲脚絆《てっこうきゃはん》に草鞋《わらじ》履きだ。腰には道中差《どうちゅうざし》を差しているが、町人だとわかる。

歩を進めるうちに両者の距離が詰まった。前からやってくる旅人は、楽しげに話していた。その声が拾えるようになった。

「戻ったらゆっくり嚊《かかあ》に足を揉《も》んでもらえばいいじゃねえか」

「足より、腰だよ。そっちを使いすぎたからな」

小太りがそういって、からからと笑った。まったくだと、相方《あいかた》が相槌《あいづち》を打ち、

「それにしてもこれから嗅の小言に付き合うのかと思うと、気が滅入《めい》っちまう」

と、愚痴をいう。

津久間はあたりに視線をめぐらせた。人影はなかった。背後の道も見たが、人通りは絶えていた。

「もし」

津久間は二人の旅人に声をかけた。

「そのほうら、どこへまいる？」

わざと慇懃《いんぎん》な言葉を使った。

「へえ、あっしらは家に帰るところでございますよ」

小太りが答えた。

「四谷なんですがね」

相方が答える。前頭部が大きく禿《は》げているので、髷《まげ》が小さかった。

二人とも四十半ばだろうか、旅人のわりには着ている着物が上等だ。

「じつは困ったことがあってな。手間は取らせぬので、頼まれてくれぬか」

「へえ、なんでございましょう」

小太りが目をしばたたく。

「この先の百姓家に急病人が出ておるのだ。拙者《せっしゃ》は道玄坂町に医者を呼びに行ったのだが、あいにく留守であった。ついてはその病人を医者の家に連れて行きたいのだ。ひとりでは難儀《なんぎ》しそうなので、手伝ってくれるとありがたいのだが……」

「そりゃあ大変です。急病人がいると知って、見捨てるようなことはできませんよ。なあ留公《とめこう》、そうだな」

「手を貸しましょう、それでその家はどこにあるんです？」

留公と呼ばれた禿が同意する。

「そこの小道を入った先だ。案内《あない》いたすからついてまいれ」

津久間は先に歩きだした。すぐ先の往還《おうかん》から入ったところに、小川に沿った小道が雑木林につづいていた。野鳥の声がかまびすしく、風のとおる竹藪《たけやぶ》がカサコソと音を立てていた。

「こんなところに百姓家があるんですか……。ずいぶん辺鄙《へんぴ》なところに住んでいるもんですね」

小太りが疑いもせずにいう。

津久間は何度か咳をして、せりあがってきた痰を呑み込んだ。

「お侍さんも風邪をお召しになっているんでは……」

留公が心配そうな声をかけてきた。

津久間は咳が鎮まると、頭上に藪のせりだしている切り通しで立ち止まった。

「どうなさいました？」

小太りが目をぱちくりして聞く。

「ここでよい。おまえたち金を出せ」

津久間は刀の柄に手を添えて、目に残忍な光を宿した。

「か、金……病人は……」

留公の声は途中で短い悲鳴に変わった。

津久間が抜きざまの一刀で斬り捨てたのだ。小太りが一瞬のことに、地蔵のように体をかためていた。

津久間はずいと足を進めて、まるで据《す》え物《もの》を斬るように刀を振りあげた。

二

「おはようございます」

店に入るなり、早く来ていた奉公人たちが挨拶《あいさつ》をしてくる。お房も笑顔で挨拶を返し、奥の居間にいる主の惣右衛門に挨拶にゆく。

「番頭さんから聞いたよ。もう先月分まで片づけてしまったんだってね」

茶を飲んでいた惣右衛門が福々しい恵比寿顔《えびすがお》を向けていう。帳簿つけのことをいっているのだ。

「仕事が早いので驚いていたよ。うちの手代にもあんたの爪の垢《あか》を煎《せん》じて、飲ませてやらなきゃならない」

「そんな……」

褒《ほ》められたお房は照れを隠すようにうつむいた。

「いやいや、ほんとだよ。あんたが来てくれて奉公人たちがいいように変わったし、仕事も捗《はかど》るようになっている。これで売り上げがもっと伸びればいいんだけど、そこまで贅沢《ぜいたく》はいってられない世の中だからね」

「……そうですね」

相槌《あいづち》を打つと、惣右衛門の母・おたみが奥の間からやってきて、

「お房さんや、今日は買い物に付き合っておくれでないか。日本橋《にほんばし》まで着物を取りに行きたいんだよ」

といった。

「それならわたしが行ってまいります」

「いいや、今日は天気がよいし、表を歩きたいんだよ。年寄りは足腰を丈夫にしておかなきゃ長生きできないっていうからね」

「それじゃお坊ちゃんとお嬢さんの手習いを終えたあとでよろしいですか？」

「かまわないよ。でも昼前には出かけたいね。向こうでなにかおいしいものでも食べようじゃないのさ」

おたみは小言をいわれると思ったのか、倅《せがれ》の惣右衛門をちらりと見てから、ぺろっと舌を出す。

「おっかさんもこのところ家にこもってばかりだ。たまには外の風にあたるのもよ

いだろう」

惣右衛門がいえば、おたみはちょっと意外そうに目をしばたたいた。

「めずらしいことをいうじゃないか。いつもそういうふうに太っ腹じゃなきゃ、商家の主は務まらない」

「おっかさん、一言多いんだよ」

おたみは「はい、はい」と、いって奥の間に戻っていった。

「では今日もよろしくお願いいたします」

お房も子供たちの部屋に行くために頭をさげた。

「あ、ちょいとお待ち。さっき、番頭さんにいわれたんだけどね」

呼び止められたお房は、小首《こくび》をかしげて惣右衛門を見た。

「給金のことだが、少し上げることにするよ。帳簿つけも手伝ってもらっているんだ。これまでどおりじゃ申しわけないからね」

「わたしは気にしておりませんのに……」

「わたしが気になるんだよ。遠慮することはない。上げるといっても、心ばかりだ。承知しておいておくれ」

「ありがとうございます」

お房は子供部屋に向かいながら、いい店ではたらけてよかったと、心底思うのだが、いつまでつづけられるか、それはわからない。それにこういう暮らしができるようになったのも、直吉のお陰である。その直吉にも感謝をしているのだが、気持ちに応えてやれない自分に忸怩《じくじ》たるものがあった。

「お房さん、おはようございます！」

文机《ふづくえ》の前で待っていたおみつが、元気に挨拶をしてきて、

「清太郎《せいたろう》、早くいらっしゃい。お房さんが来たんだよ」

と、庭で遊んでいた弟を呼びつけた。

おみつは十一歳で、清太郎は八歳だった。惣右衛門の子にしては幼い子である。ほんとうは跡取りになる長男がいたのだが、三歳で夭折《ようせつ》していたのだった。

「障子を閉めましょうか」

お房は庭からあがってきた清太郎にいった。縁側には明るい日があるが、朝のうちはまだ空気が冷たかった。

「では、はじめましょう。清太郎さんは、昨日と同じようにお習字をしましょう。

墨をすってくださいな」

清太郎はくるくるした目をして、こくんとうなずき、墨をすりはじめる。赤いほっぺが障子越しのあわい光を受けていた。

「おみつさんは、おさらいをしましょうか。昨日読んだところをもう一度読んで、暗誦《あんしょう》してみましょう」

文机に広げられているのは『日新館童子訓』という、会津《あいづ》藩で使われている往来物だった。どういう経緯で、若松屋にあったのかわからないが、お房はあえて新しい往来物を求めずに、そのまま使っていた。

「では、朝夕の心得からやってみましょう」

お房の指示で、おみつはいわれた頁《けつ》をめくり、静かに読みはじめた。当初はつっかかっていたが、いまはすらすらと読めるようになっている。

清太郎は隣の文机で熱心に墨をすっていた。

「……両親が目を覚ます前に早起きし、手を洗って口をすすぎ、髪を梳《と》かし整え、懐にはきちんと紙……」

おみつの声が表で鳴く鳥のさえずりと重なり合っていた。

二人の子供に手習いの指南をするお房は、なぜかこの時間が好きだった。まるで我が子に教えているような錯覚を覚える。商家の奥まった部屋には人の目も届かないし、邪魔も入らないので、安寧《あんねい》な気持ちになれるのだ。

だけれども、頭の隅で直吉のことを気にかけていることもわかっていた。そのことを自覚すると、いつしか直吉のことを思い悩みはじめていた。

三

「おっかさん、ほんとうだ。今度こそは心を入れ替えて真面目にはたらく。だから、わたしのことを信じて、この店をまかせてくれないか」

朝早くやってきて、相談があるといった直吉に、おときは少なからず身構えていたのだが、そんなことを切りだされるとは意外だった。

「いったいどういう風の吹きまわしだい」

おときは息子の顔を眺める。

「どうって……おっかさんも知ってのとおり、わたしはどこのお店《たな》に奉公しても長つづきしない。なぜ、そんなにだらしがないんだろうと、よくよく自分のことを考えてわかったんだ」

「なにがわかったんだね」

おときは醒《さ》めた目で直吉を見て、茶を淹《い》れ替えた。小さく開いた障子の隙間《すきま》から、朝日が細い条《すじ》となって、直吉の膝許にのびていた。

「おとっつぁんはわたしを一人前の商売人にしようと考えて、お店奉公に出したんだろうけれど、わたしはやっぱりおとっつぁんの商売のやり方を教わりたかったんだ。だから、わたしを突き放すようにしたおとっつぁんに、逆らうことをしていたんだよ」

「それが勤め先を転々としたいいわけかい」

おときは茶をすすった。今日も金の無心だと思ったが、いつもと風向きがちがうので興味もあるが、ここで甘い顔をすると、すぐに直吉が図に乗ることはわかっている。

「いいわけだなんて……。とにかく、いまとなっては遅いけれど、これでも商売のイロハはあちこちの店で身につけているんだ。死んだおとっつぁんの気持ちを汲《く》んで、店を継ぎたいんだよ」

「直吉、忘れちまったのかい。あんたは瀬戸物屋のような地味な商売はやりたくないといって、勝手に飛び出していったんだよ。そりゃあ、最初はおとっつぁんの口利きで大店に奉公に出たけど、三月《みつき》ともたなかったじゃないか。あれはおとっつぁんに恥をかかせたようなもんだよ」

「わかっているよ。あのことは心の底から申しわけないと思って、後悔しているんだ。おとっつぁんにもちゃんと謝りもしたじゃないか。だけど、あれ以来わたしのことはかまわなくなった」

「困ったときに金を貸してくれたのは誰だね。小遣いほしさに再三おとっつぁんの懐を頼ってきたのはどこの誰だい？」

「そりゃ……」

直吉は下を向いてもじもじする。

「おとっつぁんがぽっくり逝《い》っちまったら、今度はわたしに小遣いをねだりにくる。ほんとはね、直吉……」

「はい」

「おとっつぁんが死んだときに、店を継ぐといってほしかったんだよ。そうすりゃ、わたしゃ二つ返事でまかせたよ。ところが店をたたんで、こんな小さな店にしたっていうのに、あんたは知らんぷりだ。金に困ったときだけ、ひょいとやってきてはなんとかしてくれと泣きつく。そりゃ血のつながった親子だからむげにはできない。いやいやながら都合してやったけど、びた一文返してくれてないじゃないか」

「おっかさん、借りた金のことは忘れちゃいないさ。いまに、きっと返す。ちゃんと利子《りし》をつけて返すから」

「ああ、聞きあきるぐらい聞いてるよ。何度もそういってるだろう」

「だけど、いまになって心変わりしたのはどういうことだい？　あれだけ瀬戸物商売はいやだっていっていたくせに……」

そのことは知りたいことだった。しかし、どんなことを直吉がいっても、今日は頑《がん》として聞かないでおこうと決めていた。そうしなければ、ほんとうに直吉はだめな人間になってしまうような気がしてならない。

「世間知らずだったんだ。そのことがよくわかったんだ。どんな商売も同じだということを思い知ったんだよ」

「ふーん、それで……」

「だから、おとっつぁんが苦労して作った瀬戸物屋を継ごうと、死ぬ気になって立て直そうとそう決めたんだよ」

「相変わらず口だけは達者だね。それで、いまはどこに勤めているんだい？」

「いま……いまは、どこにも……」

直吉は口を重くしてうつむく。

「また辞めたってわけかい。……しょうがない男だね。そんな按配で、この店をどうやって立て直すってんだい。いまのあんたには安心してまかせられないだろう」

「ほんとうに改心しているんだ」

「心変わりしたのには、他になにかわけがあるんだろう」

はっと直吉は顔をあげた。図星をつかれた顔をしている。

「いってごらん。おっかさんにはいえないっていうのかい……」

「いったら話をわかってくれるかい？」

「それは聞いてからのことだよ。なんだね……」

直吉はしばらく逡巡《しゅんじゅん》したあとで、まっすぐ見てきた。

「いっしょになりたい女がいるんだ」

なるほどそうだったかと、おときは思った。

「年上女房になるけど、あの女がいれば商売もきっとうまくゆく。わたしも真剣に、真面目にはたらくという自信があるんだ」

「どこのなんていう人だい？」

「門前仲町《もんぜんなかちょう》の若松屋に奉公しているんだ。番頭の仕事も手伝っているし、旦那の母親の面倒を見たり旦那の子供に手習いを教えたりと、めったに会えないいい女だよ。ずいぶん店に重宝《ちょうほう》されていてね、その仕事っぷりには他の奉公人たちも舌を巻いているんだ。あ、お房さんというんだけどね」

初めて聞く話だが、直吉の目がこのときだけ輝いていた。

「それじゃ、そのお房さんはおまえといっしょになるのを承知してくれているんだね」

「……まあ、そうだね」

おときは眉根をよせて、小首《こくび》をかしげた。直吉は一方的にお房に惚れているだけかもしれない。無職では相手に将来の不安を与える。だから、急に店を継ぎたいといってきたようだ。ようやくおときは納得がいった。だが、そのことは口にせず、

「まあ、あんたの考えはわかった。だけど、この店をいますぐ継がせるわけにはいかないね」

直吉の顔がゆっくり曇ってゆく。

「わたしの首を縦に振らせるために、してもらいたいことがある」

「なんだい……」

直吉はゴクッとつばを呑み込んで目をみはっている。

「これまであんたに貸した金を返してもらうことがひとつ。全額でなくてもいいよ。せめて十両でよいから」

十両だったら、どうにか工面できるはずだ。おときはそう見当をつけていた。その半金の五両でもいいという思いもあった。

「親子だからって甘い考えを捨ててほしいんだ。借りた金を返すのは当然のことだし、それが人の信用ってもんだ。信用をなくしちゃ、商売にかぎらずなにをやってもうまくいくはずがない」

「わかった。なんとかこさえることにします」

「いいかい借金はだめだからね。半年でも一年でも待つよ。それからもうひとつ、そのお房さんに一度会わせておくれ。どんな女なのか、わたしの目でしっかり見てみたいからね」

「それじゃ、近いうちに連れてくることにします」

直吉が家を出てゆくと、おときは大きなため息をついた。だが、いつもとちがって、少しだけ心が軽くなっていた。

それは直吉が店を継ぎたいといった一言だった。ずっと待ちつづけていたことだった。

(それに、嫁をもらいたいと……)

胸の内でつぶやいたおときは、うふっと、小さく頬《ほほ》をゆるめた。やはり、わたしも母親なんだと思いもする。

四

自宅長屋に帰ってきた直吉は、しばらく手焙《てあぶ》りの埋《うず》み火《び》を眺めてから、炭を足した。青白い炎が、小さく立ち昇った。まるで生き物のように妖艶《ようえん》である。

表の路地を子供たちが駆けてゆく足音がして、井戸端のほうで歓声《かんせい》があがった。

ふっと、ため息をついた直吉は、ゆっくり顔をあげて宙の一点に目を据《す》えた。

「十両か……」

と、つぶやいた。

もちろん返さなければならないことはわかっている。手許にあれば、いますぐにでも返してやりたいほどだ。母親は半年でも一年かかってもいいといった。

だが、直吉はそんな時間をかけるつもりなど毛頭《もうとう》ない。できることなら、いますぐ金を都合して、お房に会わせたいぐらいなのだ。

しかし、肝腎《かんじん》の金はないし、お房をもう一度口説かなければならない。先日は脅すようなことをいわれたが、真に受けてはいなかった。お房は自分にもあかせない、なにか事情を抱えているのだ。

もし、そのことに思い悩んでいるのなら、力になってやりたい。困っているのなら、なんとか救ってやりたい。直吉は自分のことは棚にあげて、お房のことを思いやるのだが、まずはお房に心を開かせなければならない。

そうでなければ、この長屋に移ってきた甲斐《かい》がない。

直吉は一月前まで、京橋《きょうばし》にある「舞鶴屋《まいづるや》」という紅《べに》問屋に手代として勤めていた。これまででもっとも長つづきした店だったし、そのまま居つづけて番頭をめざしてもよかった。

だが、同じ手代に市助《いちすけ》といういやな男がいた。重箱《じゅうばこ》の隅《すみ》をつつくようなことをいい、直吉が些細《ささい》な粗相《そそう》でもしようものなら、鬼の首を取ったみたいに責める。ありもしないことを他の奉公人にいい触らし、直吉の信用を落としもした。

ずいぶん我慢したが、間男《まおとこ》扱いされたときにはついに堪忍袋《かんにんぶくろ》の緒《お》が切れた。なんと舞鶴屋の旦那の妾《めかけ》と、密通したと疑いをかけられたのだ。

舞鶴屋の主・庄《しょう》右衛《え》門《もん》には、お辰《たつ》という四十過ぎの妾がいた。豊満《ほうまん》で屈託《くったく》のない明るい大年増《おおどしま》で、直吉は気に入られていた。庄右衛門からの届け物や言付けがあるときに、使いに出されるのは直吉と決まっていた。

気さくな女なので、直吉はそのたびに茶飲み話をして帰ってくるだけなのだが、お辰が風邪を引いて寝込んでいるときがあった。そのおり、直吉はしばらく看病をして店に戻ったのだが、根性曲がりの市助はそのことを疑い、勝手に尾ひれをつけて、直吉とお辰の仲があやしいと噂《うわさ》を流したのである。

当然、主・庄右衛門の耳に入り、直吉は呼びだされて問い詰められた。ありもしないことなので頑《かたく》なに否定したが、以来庄右衛門は白い目で見るようになったし、奉公人たちは直吉に「年増殺し」という綽名《あだな》までつけた。

心外な綽名をつけた張本人は市助だった。直吉は市助に文句をいったが、

「おまえさんが疑われるようなことをするからだよ」

と、てんで取りあおうとしない。

手荒なことは苦手な直吉だが、そのときだけは我慢がならず市助の頬桁《ほおげた》を思い切り殴《なぐ》りつけてやった。市助はやり返してこなかったが、直吉に乱暴者という烙印《らくいん》を押し、

「直吉は気に入らない客に悪態もつく」

などというあらぬ噂まで流した。

直吉はそんなことまでされて店に居座るつもりはなかった。店を辞めたいといったときも、庄右衛門は引き留めもしなかった。

(市助さえいなければ……)

と、いまさらながら思うのだが、もうどうしようもないことだ。

とにかく急いで金を作らなければならないし、お房の心を引きよせなければならない。

お房の住む三角屋敷に越してきたのも、そばにいたいからだった。自分を袖にするようなことをいわれてから、直吉のお房に対する思いは以前にも増して強くなっていた。

出会ったのは、二年半ほど前だった。以前住んでいた長屋のそばに、苦しそうなうめきを漏らしてうずくまっていたのがお房だった。

どうしたのだと訊《たず》ねると、急に腹が差し込んで立てなくなったという。肩を貸してやると、熱があるのがわかった。家はどこだと訊ねてもお房は答えないので、直吉は自分の長屋に連れ込んで、医者を呼んでやった。腹薬を処方されただけだが、お房は翌日にはよくなった。しかし、熱が引いていなかったので、そのまま二日ほど留め置いた。

三日目にお房はすっかり快復《かいふく》したが、住む家がないというし、亭主と生き別れたともいう。ひどくやつれた顔をしていたが、どことなく品の備わったきれいな顔立ちだった。直吉は看病をするかたわら、

（いい女だな）

と、何度も思っていた。

「住むところがなきゃ困るな。この家にいっしょに住むってわけにはいかないだろうから、わたしが面倒を見てあげましょう」

請け合った直吉は、早速家を見つけて請人になり、当面の生計《たつき》もわたした。その金はまだ元気だった父親から借りたのだが、お房はそのことに恩義を感じつづけていたし、直吉に信頼を置いていた。

また、奉公先も父親のつてを頼って見つけてやった。それがお房の勤めている若松屋だった。そんなことで、直吉とお房の仲は次第に深まっていった。

暇があれば縁日《えんにち》に出かけ、花火を見に行ったり、芝居見物に行ったりもした。

（おれはこの女といっしょになる）

と、決めるのに時間はかからなかった。お房が喜ぶことならなんでもしようと、うまい飯を食べに行ったり、紅や白粉《おしろい》も買ってやったりした。

お房は遠慮深かったが、直吉は強引に買い与えたり、馳走《ちそう》をした。そのために小遣いが足りなくなり、実家に無心することが多くなったが、お房にはないしょのことだった。

　とにかくお房が嬉しそうに微笑む顔を見ると、直吉は幸せな気持ちになれたし、心は通いあっていると信じていた。ただ、お房を抱きよせるときだけはちがった。

「いまはまだだめ」

　と、強く拒否されるのだ。

　だったらいつだったらいいのだと聞くが、お房は首を横に振るだけでなにもいわなかった。そのたびに、いろんなことを直吉は考えた。

　お房は生き別れた亭主に未練があるのだ。いや、自分が年下だからなのか、それともまだ半人前だと思っているからかもしれないなどと……。

　しかし、もう待てない。一度は死んでやろうと自棄になったが、伝次郎という船頭に引き留められて、こうやって生きているのだから、死んだ気になってはたらこうと考えなおした。そして、なんとしてでもお房といっしょの屋根の下で暮らしたい。

　考えに考えた末に、実家を継ぐのが一番だと思い至ったのだ。だが、それには母親との約束を果たさなければならない。

（十両か……）

直吉はさっきと同じことを胸中でつぶやいた。

そのとき、腰高障子が荒っぽくたたかれ、男の怒鳴り声が聞こえてきた。

「おい、直吉。いるのはわかってる。ここを開けろ」

呼び捨てにされた直吉は、顔をこわばらせて戸口を見た。男の影が二つ腰高障子に映っている。

「どちら様で……」

「『三國屋《みくにや》』の使いだ。おめえに話がある」

なんのことだかわからなかった。三國屋という名にも覚えがなかった。戸を開けると、いかにも人相風体のよくない男が二人、にらみつけるように見てきた。

「おい、日限《ひぎ》りは過ぎて半月もたってるぜ。どういう了見《りょうけん》だ」

「な、なんのことでしょう？」

「なにをッ。てめえ白ばっくれようっていうのかい。この野郎」

いきなりどんと胸を突かれたので、直吉は上がり框に尻餅をついた。

五

花川戸河岸で客を降ろし、芝翫河岸に戻ろうとしたとき、

「伝次郎さん、待ってください」

という声に振り返ると、河岸道に川政の船頭・圭助《けいすけ》がにこにこした顔で立っていた。手に竹製の吸筒《すいづつ》を持っていた。

「なんだおまえか」

「水をもらってきたところなんです。ちょいと休みませんか」

圭助は吸筒を掲げていう。垂れ眉で人のよい男だ。川政では一番若い船頭だった。

急ぎの用はないので、伝次郎は誘われるまま圭助と並んで雁木に腰をおろした。

「忙しいですか……」

圭助が吸筒に口をつけてからいう。顎にたれた水を手の甲でぬぐう。

「いつもと変わらねえな。ぼちぼちだ。おまえのほうはどうだ？」

「おいらのほうも、まあぼちぼちでしょう」

伝次郎は煙草入れを出した。大川は明るい日射しに照り返っている。対岸に見える水戸《みと》家の蔵屋敷の門から、二十数人の足軽《あしがる》らしきものたちが行列を作って出ていった。大八車《だいはちぐるま》を押しているものもいる。

「なにか変わったことはないか」

暇にあかして聞くと、圭助はあるんですという。

「どんなことだ？」

伝次郎は煙管を吹かしてから、圭助を見た。なにかを躊躇《ためら》っていたが、

「伝次郎さんだったら話してもいいかな。他の人たちにはこれですよ」

と、口の前に指を立てる。

「惚れた女ができたんです」

圭助は心底照れたような顔をするし、そのじつ耳たぶまで赤くした。

「うまくいっているのか？」

「多分……片想いだと思います。だけど、なんとかして話をしたいんですが、おいらは口下手だし、いざとなるとなにもいえなくなっちまうんです」

相手は青物屋《あおものや》の娘だという。

「扇橋《おうぎばし》のそばにある店でしてね。おいらは用もないのに野菜を買いに行ったりするんですけど、顔を見るとなにもいえなくなっちまって……」

「思い切って誘ってみたらどうだ」

「誘うって……どうやって？」

「いろいろあるだろう。芝居見物とか縁日に行くとか……その娘《こ》は、酒は飲めるのか？」

「飲めるかどうか、そんなことはわかりません。お弓《ゆみ》という名だけはわかってんですけどね。……ぽっちゃり顔で、目がくるっとしていて愛想がよくて、おいらを見ると嬉しそうな笑みを口許に浮かべるんです」

圭助はでれっとした浮かれ顔でいう。

「年は？」

「十八かそのあたりでしょう。ひょっとすると、もっといってるかもしれませんが……」

「おまえを見て嬉しそうに笑うんだったら気があるんだろう」

「そう思いますか」

圭助は勢いづいた声でいって、期待に満ちたようにきらきらと目を輝かせる。

「いやな相手に笑いかけたりしないだろう」

「そりゃそうでしょうけど、相手は客商売ですからね。でも、どうやってお近づきになればいいかわからないんです。仲間の船頭にこんなことをいえば、冷やかされるのが落ちですから相談はできないし……」

「さりげなくやればいいだろう」

「へっ……」

圭助はまるくした目をぱちくりさせる。

「さりげなく声をかけるんだ。相手に迷惑のかからない程度に……天気の話でもなんでもいいだろう。今日の着物はよく似合っているとか……いつもきれいに髷を結っているとか、さらっと褒めてやるんだ」

「褒める……。なるほど、それはいいかもしれない。ふむふむ、そうかそうか」

圭助は妙に感心顔になる。その目は真剣である。

「いきなり、おまえさんに惚れたから付き合ってくれなんていったら、相手は腰が引けるかもしれない。まずは世間話からはじめて、おいおいお近づきになる。そのうち、相手の気持ちもわかってくるはずだ」

「そうでしょう。きっとそうだと思います。いやあ、伝次郎さんに打ちあけてよかったです。よし、今日あたりさらっと声をかけてみます。……でも、できるかな」

圭助は急に自信なさそうな表情になる。

「ひとりいじいじ考えていてもしょうがねえさ。なんでもやってみなきゃ前には進まねえ。そうじゃねえか」

「へえ、おっしゃるとおりで……。あのぅ、伝次郎さんはなぜ独り身なんです？もったいないじゃないですか。頼《たよ》り甲斐《がい》はあるし、男っぷりはいいし、誰にも負けない船頭だし……」

「おれをおだててどうする」

伝次郎は煙管を雁木の杭に打ちつけて、煙草入れにしまった。

「うちの親方はよくいいますよ。伝次郎さんを見習えって。男ってえのは伝次郎さんみたいな人だって」

「ふん……」

伝次郎は鼻で笑ったが、まんざらでもない。政五郎に褒められるのは気分のいいものだ。それに、伝次郎も政五郎のことを認めている。女に惚れる感情とはちがう、男同士の惚れあいというのもある。伝次郎と政五郎はそういう間柄だった。

「伝次郎さんのおかみさんはきれいだったんだろうな」

圭助が遠くを見つめてつぶやく。

その言葉に触発されたのか、伝次郎の脳裏にありし日の妻・佳江の顔が甦《よみがえ》ってきた。

細かいところによく気づく女だった。女としてのやさしみに加え、芯の強さも併せ持っていた。

浮かれた恋などして結ばれたのではなかった。栗田理一郎《くりたりいちろう》という先輩同心の仲《ちゅう》介《かい》があって見合いをしたのだが、すでに互いの親同士が夫婦になることを取り決めていた。

この時代の結婚は、おおむねそういう按配である。当人同士の意思が尊重されることはまずない。見合いはすなわち、夫婦縁組みに直結していた。

だが、伝次郎は見合いの席で佳江に一目惚れし、申し分ない女だと思った。もちろん、そこに男女の恋愛感情はなかった。その感情が芽生《めば》えたのは、所帯をもったあとである。

気立てがよくて利発であったし、なにごとにも控えめで、伝次郎を夫としてよく立ててくれた。女としての魅力も十分であったから、当初は暇があると睦《むつ》み合ったものである。

瞼の裏に浮かびあがってくるのは、佳江のやさしげな眼差《まなざ》しと、他人に好感を与える微笑だった。長男・慎之介の面倒もよくみてくれていた。よき妻であり、よき母親だった。

(それなのに……)

伝次郎は唇を嚙《か》んで、川中の青い澪《みお》を凝視した。

なんの罪もない佳江と慎之介は、津久間戒蔵によって殺されてしまった。そのことを思いだすたびにいたたまれない気持ちになるし、津久間に対する憎しみがいや増す。

「伝次郎さん、どうしたんです」

圭助の声で、伝次郎は現実に引き戻された。

「あ、いや、なんでもない」

「とにかくいわれたように、さりげなくさらっと世間話でもしてみますよ」

圭助は嬉しそうな顔を向けて、そういった。

六

あきれてものがいえなくなった。

おときは情けないやら、腹が立つやらでため息しか出ない。昨日はようやくその気になってくれたかと、わずかに安堵していたのだが、わずかな喜びはたった一日でひっくり返された。

「嘘じゃないんだ。わたしにはなんにも覚えがないんだよ」

肩をすぼめ小さくなっている直吉が、半べその顔を向けてきて、すぐに視線を落とした。

「糠《ぬか》喜びだった」

おときが仏頂面《ぶっちょうづら》でいうと、「ヘッ」と直吉が顔をあげた。

「糠喜びだったといったんだよ。昨日あんたはこの店を継ぎたいといった。わたしゃ、やっとその気になってくれたかと喜んでいたんだよ。それがなんだい。一夜明けたら、十両貸してくれだ。わたしゃ十両作ってこいといったんだよ。あんたに貸した金じゃないか。死んだおとっつぁんにも借りているのはわかっているんだ。そんなこんながあっても、わたしゃ十両であんたのことを許そうと考えていたんだ。それがなんだい。舌の根の乾かぬうちに、十両都合してくれだ。まったく見損なっちまったよ」

おときはあまりの腹立たしさに感情が高ぶり、声が荒くなった。それでも気持ちに収まりがつかないから、手許にあった算盤を土間《どま》に投げつけた。値の張る壺にあたって、算盤が壊れ、壺にもひびが入った。

直吉はその怒りに、びくっと肩を動かして、蒼白《そうはく》になっている。

「おっかさん、何度もいうけど、わたしは金なんか借りていないんだ。誰かがわたしの名を騙《かた》って勝手に借りたんだよ。そうとしか考えられないんだ」

「だったらその騙ったやつをしょっ引いて返させればいいじゃないか」

「わかってりゃそうしたいよ。だけど、わからないから頼んでいるんだよ。返さないとあの取り立て屋はなにをするかわからない。へたすると殺されちまうかもしれない」

おときはまたはじまったと思った。

泣き言をいっての口説きである。もうそんな手には乗らないと意地になる。今度こそはきちんと人並みの暮らしができるようになる。迷惑をかけた金はちゃんと返すというのは常套句《じょうとうく》で、その場かぎりの言葉でしかない。

「殺されちまったらどうだい」

「そんな、ひどいことを……本気でいってるんじゃないだろうね」

直吉は驚いたように、目も口もまるくしている。

「冗談でいってんじゃないよ。まったく、開いた口が塞《ふさ》がらないというのはあんたのためにあるようなもんだ。そんなこっちゃねえ、嫁にしたいという女も、前の嫁みたいに逃げちまうに決まってるよ。それに、お房とかなんとかといったけど、ほんとにそんな女がいるのかねえ」

「おっかさん、そんなひどいことをいわずに、お願いだから、このとおりだから、これが最後だから、こればかりはどうにかしないと、ずっと脅されちまうかもしれない。へたすると、あの取り立て屋はこっちに乗り込んできて、迷惑をかけることになるかもしれない。とりあえず、払うもの払って、誰がそんなひどいことをしたかは調べるよ。御番所《ごばんしょ》に相談して、調べてもらうつもりなんだ。……だから、当面の金だと思って都合してください。もう二度とこんな頼みはしませんから」

直吉は畳に額をすりつける。

「だめだね。その取り立て屋がここに乗り込んできたって、わたしゃ、なーんも動じませんよ。来るなら来いってんだ。塩まいて追い返してやる」

「どうしてもだめかい……」

直吉は情けない顔で、人の心を探るような目を向けてくる。おときは今日という今日は、心を鬼にしても甘い顔をしないと腹をくりなおす。

「だめなものはだめだよ。さあさあ、商売の邪魔だ」

心の片隅で可哀想だと思いもするが、おときは邪慳《じゃけん》にいい放った。

猪牙を油堀河岸につけた伝次郎は、舟が揺れないように桟橋《さんばし》と逆のほうに棹を突き入れ、

「どうぞ、お気をつけて」

と、客を気づかった。

「ありがとうございます。また、お願いしますよ」

薬研堀《やげんぼり》から乗せた女の客だった。裾に藪柑子《やぶこうじ》模様のあしらわれた浅葱《あさぎ》色の綸子《りんず》の小袖《こそで》、蝶結びにした帯は五献立《ごけんだて》、銀杏返しの髷には鼈甲の櫛と笄が挿《さ》されていた。化粧《けしょう》映《ば》えのする年増女だが、身なりから察するに富裕な商家の女房と思われた。

河岸道にあがった女はもう一度伝次郎を振り返り、小さく辞儀をして去っていった。伝次郎は舟を桟橋によせたまま、足半《あしなか》を履き替えた。もう少し寒くなれば足袋が必要になるが、まだ裸足でなんとかやり過ごせた。

足半を履き終え、吸筒に口をつけて水を飲んだ。穏やかな油堀は日の名残《なごり》のある空を映していた。このまま芝翫河岸に戻るころには、すっかり日が落ちるだろうと思った。

明度《めいど》を落とす空に、鉤形になって飛んでゆく雁の姿があった。

さて、帰るかと、艫に立って棹をつかんで何気なく河岸道を振り返ったとき、直吉の姿が見えた。悄然《しょうぜん》と肩を落として、富岡川に架かる丸太橋をわたっているところだった。歩き方にも元気がなく、心ここにあらずといった体である。

(あいつ、いったいどうしたんだ)

伝次郎が胸中でつぶやいたとき、直吉は二人連れの侍のひとりに肩をぶつけた。直吉は危うく転びそうになったが、どうにか持ちこたえ、慌てて頭をさげている。

そのまま何事もなく終わるかと思われたが、二人の侍は直吉の前に立ち、なにか文句をいっている様子だ。直吉は平身低頭《へいしんていとう》している。その直吉をひとりが蹴倒《けたお》して、罵《のの》りの声をあげている。通りゆくものたちが、関わりにならない距離を取って立ち止まって見た。

なおも文句をいう侍に、直吉は土下座をして謝っている。

(また、面倒なことを……)

伝次郎は舌打ちをして、舟を降りると騒ぎのほうに歩いていった。知った男であるから知らぬ顔をして帰るわけにはいかない。

「謝ればなんでも片づくと思ってやがるのか。え、おい」

そういう侍は、地面に手をついている直吉の片手を踏みつけていた。

「いいえ、わたしがぼうっとしていたのがいけないんです。どうかご勘弁を」

「ぼうっとして人にぶつかったら謝れば、なにもかもすむ。そう思っているんだったら大きなまちがいだ」

「そ、それじゃどうすれば……」

「誠意を示すんだ」

「せ、誠意……」

「おう、無礼をこのまま見過ごすわけにはいかぬ。無礼をはたらかれて泣き寝入りをしたら、武士の名折れだ。誠意を見せろ」

「そ、そういわれましても……」

明らかにいじめでしかなかった。すでに遠巻きに野次馬が集まって成り行きを見守りながら、難癖《なんくせ》をつける侍にぶつぶつと文句をいっている。

「わからぬか。誠意というのが……」

「は、いえ、はい……」

侍の眉が大きく動いたと思ったら、すばやく刀が引き抜かれた。

直吉はぎょっとなり、後手《うしろで》をついておののいた。

「その辺にしてくださいな」

伝次郎は菅笠《すげがさ》を被ったまま前に出て声をかけた。

二人の侍が伝次郎を見てきた。ひとりは色白で細身の男である。もうひとりは無《ぶ》精《しょう》ひげが濃かった。二人とも三十半ばと思われるが、浪人のようだ。難癖をつけていたのは、無精ひげのほうだった。

「なんだきさまは、横から出しゃばった真似をするんじゃない」

無精ひげは抜いたばかりの刀の切っ先を、さっと、伝次郎に向けた。

「刀を威《い》に借りての脅しかい……」

伝次郎は菅笠をちょいと持ちあげて、目を光らせた。

「なんだと」

その場に一触即発の険悪な空気が流れた。

「弱いものいじめは見ておれねえ」

伝次郎が恐れずに足を進めた瞬間、無精ひげの刀が刃風《はかぜ》をうならせた。

第三章　借用証文

一

襲い来る刃を見ながら、伝次郎はぴたりと足を止めたまま毫《ごう》も動かなかった。

周囲の野次馬が息を呑んで目をみはっていれば、地面に後手をついたままの直吉も、口をあんぐりと開け、地蔵のように体をかためていた。

「無腰《むごし》のものに刀を振りまわして楽しいかい」

伝次郎は無精ひげをにらみつけたまま、いう。

「なんだと……」

「この男は謝っている。おれは一部始終を見ていた。いい加減許してやったらどうだ。二本差しの侍のくせにみっともないだろう」

「みっともないだとォ。きさま、なにもんだ」

「船頭だ。こうして謝っているんだ。勘弁してやってくれないか」

「こやつ、船頭のくせに大きな口をたたきおって。勘弁ならぬ」

伝次郎は半纏の襟をつかまれた。無精ひげが鬼の形相《ぎょうそう》で、顔を近づけてきて、

「余計な横槍を入れおって。無礼討《ぶれいう》ちにしてくれる。覚悟しやがれ」

と、つばきを飛ばしながらわめき、どんと伝次郎の肩を強く押した。伝次郎は数歩下がったが、その刹那《せつな》、無精ひげは本気で斬りつけてきた。

伝次郎はさっと体をひねると、相手の腕をつかみ取り、地面にたたきつけた。すぐに相棒の侍が迫ってきたので、無精ひげの刀をもぎ取って、片膝立ちのまま刀の切っ先を振り向けた。

色白の侍は刀を抜きかけていたが、それ以上抜けなくなった。

「うっ……」

「町人を小馬鹿にすれば、火傷《やけど》を負うこともある。よく覚えておけ」

「き、きさま、いったいなにもんだ」

色白は瞼の下の皮膚をひくつかせて、伝次郎を凝視《ぎょうし》した。

「しがない船頭だといったはずでしょう。いい加減にしてもらえませんか。道を歩いていれば人にぶつかることもありましょう。それに、この男は十分に謝っているんです」

伝次郎が言葉つきを変えていえば、野次馬の中から「そうだ、そうだ」とか「許してやれ」という声が飛んできた。

色白は苦渋《くじゅう》の色を浮かべて、

「角蔵《かくぞう》、行くぞ」

といって、無精ひげに手を貸して立たせた。

角蔵という無精ひげは、忌々《いまいま》しそうに伝次郎を見ると、

「刀を返せ」

と、伝次郎から自分の刀を奪い取るようにして、鞘《さや》に戻し、

「きさま、剣術の心得があると見た。今度会ったらただではおかぬ。覚えておけ」

そう吐き捨てると、まわりの野次馬をねめつけた。

「幸之助《こうのすけ》、行こう」

角蔵はもう一度伝次郎をにらんでから、顎をしゃくって色白の侍と去った。恥ずかしさを隠すように、肩を聳《そび》やかし、胸を張っているが、明らかに虚勢だった。

「直吉、立て」

伝次郎は二人の浪人を見送ってから、直吉に手を貸してやった。

「おまえの印判《いんばん》を捺《お》してあると……」

伝次郎は直吉から話を聞いて、腕を組んだ。油堀に面した三角屋敷の茶店だった。すでに日は落ち、夕闇が濃くなっていた。

「……まったくわたしには身に覚えがないんでございます」

「それでもおまえは十両借りていることになっている。そういうわけだな」

「はい」

「十両か……」

つぶやく伝次郎は油堀の対岸を眺めた。軒行灯に火が入れられていて、料理屋の窓からあかりが漏れている。そのあかりは油堀に映り込んで、ゆらゆら揺れていた。

「利子は先に引いてあるので、八両だそうですが、日限《ひぎ》りを半月過ぎているので十両だといわれました」

高金利である。幕府は高利貸の金利を一割二分に定めるように触れを出している。だがその触れを守っていない高利貸がほとんどだった。

「それでどうするつもりなのだ」

伝次郎は悄気《しょげ》ている直吉を見た。

「わたしが借りたわけではありませんが、とりあえず払って御番所に相談しようかと思っているのです」

伝次郎はため息をついた。証文に直吉の印判が捺してあれば、書類上は直吉がまごうことなく借り主である。公事《くじ》訴訟を起こしても、直吉は分《ぶ》が悪いし、訴えたからといって町奉行所がすぐに調べをはじめるとはかぎらない。公事訴訟は数多《あまた》あり、裁決を下されるには日数がかかるし、公事証文を作るのにも手間と金がいる。

それらを待っている間に、利子は増える一方だから、直吉はまずは金を払おうと考えているようだ。

「その高利貸は、三國屋というのだな」

「はい、常盤町《ときわちょう》だといっていました。わたしが先月まで勤めていた店の近くです」

「誰かがおまえの名を騙って、金を借りたということになるが、心あたりはないか？」

直吉は遠い目になって、しばらく考えていたが、

「なんの証拠もなく口にすることはできませんから……」

と、人の好《い》いことをいう。

「印判はどうしたのだ。証文にはおまえの印判があるというが、贋物《にせもの》でも使われたか？」

「それが、わたしの持っていた印判がなくなっているんです。いつ、どこでなくしたかわからないし、思いだせないんです」

高利貸から金を借りる場合、一般的には担保や保証人が必要になるが、店によっては印判のみで貸すこともあるし、署名だけですませる店もある。大方、そんな店は法外な金利を設定しているのだが。

「それじゃおまえの印判を盗んだやつが、勝手に金を借りたのかもしれねえな」

「そうとしか思えません。わたしは印判を落としてはいませんから……でも、ひょっとしたら……」

「なんだ？」

伝次郎は直吉を見た。そばにいる茶店の婆さんが、もう帰ってくれというような顔をして、いやみたらしく葦簀《よしず》を片づけはじめた。茶店には伝次郎と直吉しかいなかった。

「わたしが店を辞める前に、金は借りられています。まったく身に覚えのないことですが、ひょっとすると店にいるときに印判が盗まれたのかもしれません」

「盗んだ人間に心あたりがあるのだな」

それはと、直吉は躊躇ってから、

「決めつけてはいけないと思いますけど、同じ店の手代かもしれません」

といって、このことは黙っていてくれと口止めをした。

「十両は大金だ。人の印判を悪用しての借金ならただではすまねえ。直吉、明日にでもその三國屋という高利貸に行ってみようじゃねえか」

「金はありませんよ」

「返済に行くんじゃない、おまえの顔を見せに行くんだ。金を貸した相手は、借りた客の顔ぐらい覚えているはずだ。そのことをたしかめよう」

「どやしつけてすませておけばいいものを……」

二

「もういうなッ」

久木野《くきの》角蔵は、どんと、ぐい呑みを飯台《はんだい》にたたきつけて、那須《なす》幸之助をにらんだ。顔に怒気を含んでいたが、それはすぐに萎《しぼ》むように消えていった。

「負けが込んで気持ちがささくれていたんだ」

「それはおれとて同じだ。いかさまだったのではないかと思いもするが……」

那須幸之助は苦そうに酒を舐め、焼き鰯《いわし》の腹に箸を入れた。

「いかさま……。たとえそうだったとしても見抜けなかった。負けは負けだ。いたしかたない」

「おやッ、いまになってあきらめのいいことを……」

「しかたなかろう。まさか金を取り返しに行くわけにもいかぬのだから」

「まあ、そうだな」

幸之助はため息をついて鰯の身を口に運んだ。

深川富吉町《とみよしちょう》にある安い居酒屋だった。店は職人や川人足らがほとんどで、がやがやと人の声が入り乱れている。つぎはぎの着物を着た女が、酒を運んでは器をさげ、注文を取ったりしている。

「それにしても舐められたもんだ」

角蔵は破れた窓障子をにらむように見てつぶやく。破れた障子が、吹き込む風にひらひら揺れている。

「あの船頭のことか……」

「あやつ剣術の心得がある。甘く見ていたから油断をして恥をかいてしまった」

「たしかに……」

「船頭風情に舐められて黙っているのは癪《しゃく》ではないか」

角蔵は幸之助を見た。色白の片頬に燭台のあかりを受けていた。

「癪ではあるが、もう終わったことだ。また、明日から傘張り仕事に精を出すしかない」

「きさまは呑気だからいかぬ」

「しかたなかろう、食うためには傘張りをやるしかないのだから。それにしてもしがない世の中だ。このままではおれたちの人生は浮かばれぬ。なにか金儲けを考えなければならぬが……」

幸之助は、ふうと、ため息をついて酒を飲んだ。

「年がら年中、手許不如意《てもとふにょい》だからな。どうにかしなければならぬが……」

角蔵もため息をついて、顎の無精ひげをこする。それからふいに目を光らせて、声を低めた。

「幸之助、またやるか……」

その目つきで、角蔵の考えがわかったのか、幸之助はゴクリと生つばを呑んだ。

「危ない綱渡りだぞ」

「この前はうまくいったのだ。それに誰も気づいておらぬ。町方も動いている様子がない」

幸之助はまわりを気にするように見て、角蔵に顔を近づけた。

「誰をやる？」

「さあ、誰がよいか……」

角蔵は考えるように目を彷徨わせた。紫煙《しえん》が目の前を漂っている。女中の黄色い声に、客のだみ声が重なった。角蔵はまわりの客を見た。金を持っていそうなものはいない。

「小金を持っていそうな隠居がいいのだがな」

幸之助はもうその気になっているようだ。

二月《ふたつき》ほど前、向島《むこうじま》のとある商家の寮（別荘）に忍び込み、隠居老人を殺《あや》めていた。短刀を腹に突き刺して、自殺に見せかけ、金を盗んだのだ。今度も同じようなことができるとはかぎらないが、もはや背に腹は替えられぬ状況にある。

傘張り仕事の収入は高が知れているし、仕官はおろか出世の見込みなどまったくないといっていい。いまさら国許に帰るわけにもいかない。

帰れば脱藩の廉《かど》で咎《とが》めを受けるだろう。お上《かみ》は下士などには気にも留めないはずだが、藩の役人が黙っていないのは目に見えている。

二人は菰野《こもの》藩（いまの三重県）を逐電《ちくでん》して江戸に流れてきて浪人暮らしをつづけていた。藩は一万一千石の小藩で、諸国同様に飢饉《ききん》に喘《あえ》いでいた。藩主・土方備中守雄嘉《ひじかたびっちゅうのかみかつよし》は、若年で病弱でまことに頼りなく、藩政は叔父にまかせきりで領内の暮らしはいっこうによくならず、家臣らの禄《ろく》も滞りがちだった。

そんな国に見切りをつけて、二人は江戸にやってきたのだが、二人が抱いていた期待は見事に裏切られ、食うや食わずの生活がつづいていた。

「明日から、それとなく探すことにするか」

幸之助が言葉を重ねてつづける。

「むろん、傘張りの合間を見てでもよいが……」

「そうだな、こういうことは慌てるとことをし損じる。じっくり誰にするか考えよう」

「角蔵、小金ができたらなにか商売でもはじめないか。侍じゃ食っていけぬ。おぬしも江戸に来てわかっただろうが、侍より威張《いば》り腐《くさ》っている商人が大勢いる。暮らしが楽になるなら、刀など捨ててもよい」

角蔵は感心顔になった。偶然かもしれないが、同じことを考えていたのだ。

「だったらこうしよう。なにも江戸で商売をやることはないのだ。上方《かみがた》ではどうだ？」

角蔵は幸之助をじっと見た。

「それはどこでもかまわぬさ」

「だったら、くすぶっている隠居の小金持ちより、大金を持っているやつを狙うべきであろう。ことを終えたらそのまま江戸を去る」

幸之助はきらりと目を輝かせ、頰に笑みを浮かべた。

「角蔵、そうしよう。それがいい」

意を得《え》たりという顔で、幸之助はうまそうに酒をほした。

「だが、その前に、今日のあの船頭に思い知らせてやらなければ気がすまぬ。おれたちは恥をかかされたままだ。あやつ、剣術の心得があるが、もとはおれたちと同じ浪人だったのかもしれぬ。食えぬから船頭に身をやつしているのだろう」

「いわれてみればそうかもしれぬ」

「あそこにいたのだから、深川界隈の船頭に決まっている。見つけて、いやってほど思い知らせてやろう」

「ふむ、まあ金にはならぬが、気持ちの収まり具合が悪いからな」

「多少の金は持っているだろう。それを巻きあげるのだ」

角蔵はにやりと笑って、ぐい吞みを口に持っていった。

三

川霧の這《は》う道から境内に入った伝次郎はいつものように、本堂に参拝したあとで、さっと木刀を構えた。そのまま静かに呼吸をし、ゆっくり素振りを開始する。右足からの踏み込みを百回、左足からの踏み込みを百回。木刀は上段から下段に振りおろすだけだ。都合二百回やるうちに、体は汗ばみ、額に汗の玉が光る。

素振りを終えると、鳥のさえずりを聞きながら、船頭半纏を脱ぎ、腹掛け一枚になる。下は股引のままで、素足だ。剝《む》きだしの二の腕にはりゅうと瘤《こぶ》が盛りあがり、厚い胸板には汗の粒が浮いている。

大きく深呼吸をして、木刀を青眼《せいがん》に構えた伝次郎は、目の前に仮想の敵を思い描く。

その仮想の敵の気をはかりながら、左足から歩み足で進み、一足一刀《いっそくいっとう》の間合いに入るや、

「とおッ」

と、気合いを込めて撃ち下ろす。すぐさま体を反転させ、仮想の敵を目の前に思い浮かべる。

敵が撃ち込んでくれば、波が引くようにしなやかに下がる。相手が後退すれば、真砂《まさご》を洗う波のように間合いを詰める。

右方から新たな敵が迫ってきた。大きく太刀を振りかぶり、左足を踏みだして撃ちかかってくる。伝次郎はすっと腰を落として、斬撃《ざんげき》をかわしながら敵の脇をすり抜けるやいなや、木刀を上段に振りあげ、敵が慌てて振り返ったところに一撃を見舞う。

「とおッ！」

再び呼吸を整えなおし、木刀を構える。今度は左脇をあまく開いてゆっくり右にまわる。敵は伝次郎の左胸に隙を見ている。

これは自分の命を投げだしているのと同じ構えである。己《おの》が生命《いのち》に執着のあるものは決してこのような構えはしない。しかし、敵は伝次郎の隙を見いだし、必ずや肩越しに斬り込んでくる。

これが一刀流の基本の極意である。すなわち、敵の好む隙を作ってやり、それを逆手《さかて》に取るのだ。むろん練達者でなければ、なかなか使える技ではない。

伝次郎の頭の中に、敵が斬り込んでくる像が浮かぶ。転瞬《てんしゅん》、伝次郎の木刀が電《でん》光《こう》の速さで突き出される。

「とおッ……」

ゆっくり木刀を引き下げると、そのまま右逆袈裟《みぎぎゃくげさ》、袈裟懸け、横薙《よこな》ぎなどと振ってゆく。傍目《はため》にはむやみやたらに振りまわしているように映るかもしれないが、見方を変えれば舞いを舞っているようにも見える。

そのじつ、伝次郎の体は一定の調子でさばかれているし、足のさばきもそれと調和している。地面には足の軌跡が見事な曲線となって残っている。

鳥のさえずりが一際《ひときわ》高くなったとき、東雲《しののめ》から一条の朝日がさっと地上にのびてきた。


「伝次郎さん、ほんとに行くのですね」

雁木をおりてきながら直吉がいう。

「昨日そう約束しただろう」

伝次郎はそういって、舟に乗り込んだ。

「行くぞ」

直吉が心許なさそうな顔で舟に収まった。朝五つ（午前八時）を過ぎていた。川政の半数の舟はすでに出払っていた。残りは船宿を訪ねてくる客のために待機している。

「そんな恰好で……」

棹を持った伝次郎に、直吉が不思議そうな顔を向けた。伝次郎が普段の身なりではないからだ。棒縞の着物を尻端折《しりはしょ》りし、襷をかけているからだった。船頭半纏も股引も今日はなしだ。

「侍に化ける」

「お侍に……」

直吉は目をぱちくりさせた。

「相手はあなどれぬ高利貸だ。取り立てに来た男たちは刀を差していたんじゃないか」

「へえ」

「ならばこっちも侍であったほうが話がしやすい。船頭の身なりだと、おそらく見下してくるだろう。そうなっては面倒だ」

「……そういうことですか」

伝次郎はかまわずに舟を出した。万年橋をくぐり抜けると、陽光にきらめく大川が眼前に広がる。帆を下ろした高瀬舟《たかせぶね》が流れに乗って下っていれば、海上からやってきた五大力船《ごだいりきぶね》が鈍重そうに上っている。

猪牙舟や荷舟が川を横切るように動いている。わずかな雲しか浮かんでいない空では、鳶が優雅に舞っていた。

下りの猪牙舟は流れに乗れば高速である。幅は四・五、六尺《しゃく》、全長は三十尺と細身である。波を蹴る舳が飛沫《しぶき》をあげる。流れに乗れば、棹は方向を取るだけで、さばく回数が少なくなる。

大川端《おおかわばた》に繁茂するすすきが銀色に輝いていた。武家屋敷からのぞく高木は葉を少なくしている。

伝次郎の舟は大川から行徳川に入り、崩橋《くずればし》を抜けて日本橋川を上る。このあたりに来ると、自然に菅笠を目深《まぶか》に被るようになる。知った人間の多い土地である。

右側に小網町《こあみちょう》の蔵地がつづき、左手の茅場《かやば》河岸には荷舟や平田舟《ひらたぶね》が出たり入ったりしている。

直吉はお房のことや実家の店のことを、思いだしたように問わず語りにしゃべっていたが、伝次郎があまり返事をしないので、そのうち口を閉じてしまった。

しかし、伝次郎は直吉がなにを考えているのか、おおよそ察することができた。お房という年上の女を嫁にもらって、母親の店を立て直そうと考えているのだ。志は立派であるが、果たして直吉にそれだけの才覚があるのかどうかは不明である。

楓川《もみじがわ》に入ると、伝次郎の視線は自ずと下がった。河岸道には八丁堀に住まう与力や同心の姿が見られる。知り合いが多く行き交う道である。

町奉行所を辞した身である伝次郎は、あまり顔を曝《さら》したくなかった。心にやましさなどつゆほどもないが、いまの自分のことはできうるかぎり伏せておきたい。それもこれも津久間戒蔵に、いまの自分を先に知られたくないからだった。

津久間はひそかに自分を探しているはずだ。いや、そうでなければならない。伝次郎はそう信じていたし、相手が姿を見せるのをひそかに待ちつづけている。

また、味方となって種《たね》(情報)を集めてくれている、かつての朋輩《ほうばい》同心たちもいる。

「ここでいいだろう。先に降りてくれ」

伝次郎は松幡橋《まつはたばし》のそばに舟をつけて、直吉に指図した。それから菰《こも》に包んでいた愛刀・井上真改《いのうえしんかい》を腰に差した。端折《はしょ》っていた着物の裾をおろし、襷を外す。これで一本差しの侍姿になった。菅笠は被ったままだ。

「ほんとうにお侍ですね」

直吉が感心したようにいう。

「さ、行くぜ」

四

河岸道にあがると、そこは本材木町《ほんざいもくちょう》七丁目の表通りである。常盤町《ときわちょう》はその通りからお城のほうへ小路を入ったところにある。

高利貸は商売柄か表通りに構えているところは少ない。あやしげな店ともなれば、裏路地にひっそりと構えていたりする。

元定町廻り同心だった伝次郎は、そういう店に鼻が利《き》く。このあたりではないかと思って脇道に入ったとき、勘が的中した。

紺《こん》暖簾を出している三國屋は、間口一間半の店だった。金を貸すだけの商売だから、それで十分なのだ。小さな看板が出ていて、それには「ひなし　立替　うけおい」と書かれていた。「ひなし」とは、日割り計算で返金させる「日済《ひな》し貸し」で、「立替」はおもにお大尽遊びをする客に都合する金を貸すことをさす。

その他に一昼夜かぎりで貸し出す「鴉金《からすがね》」や、朝貸して夕方に返済を求める「百一文《ひやくいちもん》」などというのもある。

菅笠を脱ぎ、暖簾をはねあげ、戸を開けて入ると、目の前の帳場にいた男がゆっくり顔をあげた。客を迎える挨拶は抜きだ。伝次郎と直吉を値踏みするように見て、

「お入り用はお二人ですか、それともおひとりですか？」

と、聞いてくる。でっぷり太った体に、みそこし縞の小袖を着込み、縹《はなだ》色の羽織姿だ。鬢にまばらに霜《しも》を置き、脂ぎった赤ら顔だった。

「あんたは番頭か、それともこの店の主かい？」

伝次郎の問いに、男は眉宇《びう》をひそめた。

「主の巳之吉《みのきち》でございますが……」

目つきを変えて答えた。

「ここにいるのは、直吉というが、知っているか？」

巳之吉はしげしげと直吉を眺めて、用心深い目を伝次郎に向けなおした。どう答えようか考えている目つきだ。

「ご用は返済でございますか……」

巳之吉はあたり障りのない返答をした。頭の回転が速い男のようだ。

「一昨日、この店の取り立て屋がこの直吉を訪ねてきて、返済を迫っているが、直吉はそんな金は借りた覚えがないそうだ」

巳之吉は白髪《しらが》まじりの眉を上下に動かした。

「いったいどういうことで。まさか難癖《なんくせ》をつけにおいでになったんじゃないでしょうね。とにかく帳簿を見ましょう」

巳之吉はそういって、手許にあった帳簿を忙しくめくって、すぐにこれかとつぶやいて、直吉を見た。

「返済の期日は過ぎております。利子が付いて十両になっていますね。証文《しょうもん》もありますからまちがいありません」

伝次郎は一度直吉を見て、巳之吉に顔を戻した。

「その証文を見せてくれ」

「いったいあなたはどういう了見でそんなことを……」

巳之吉の顔が険悪になった。

「直吉は借りた覚えがないという。大方、直吉の印判を使って借りに来たものがいると思われる。印判は偽《にせ》かもしれぬ」

武士言葉になっていう伝次郎は、まっすぐ巳之吉を見つめる。

「偽……ふっふっふ」

巳之吉は笑いを漏らして、蔑《さげす》むような目を向けてきた。

「金を借りて返さないのは泥棒ですよ。証文が揃っている以上は返してもらわなきゃ困ります。金を借りて借りた覚えがないという客ばかりだったら、商売あがったりです。担保も取らずに、客の信用で金を融通するのがこの商売です。妙ないいがかりはご勘弁願いますよ」

ぱたんと、巳之吉は帳簿を閉じた。

「その金を借りに来たのは、ここにいる当人であるか？　それとも別の人間だったか、それは主にはわかっているのだろうな」

巳之吉は視線を左右に動かしてから、手をたたいた。奥の部屋にさっきから人の影が動いていたが、その男がやってきた。巳之吉が番頭だと紹介する。

「金兵衛《きんべえ》や、そこにいらっしゃる人の顔を覚えているかい？」

いわれた番頭の金兵衛は、狐のような細い目をすがめて直吉を見た。

「はて、見たような見ていないような……」

この言葉に巳之吉は顔をしかめた。

「深川三角屋敷に住んでいる直吉さんだ。証文を作ったときは、木挽《こびき》町一丁目の藤《とう》兵衛《べえ》店になっていたが……」

「わかりました。京橋の紅問屋・舞鶴屋にいた人ですね。ええ、たしかに金をお貸ししていますよ」

「すると金を貸したおり、証文を作ったのは金兵衛、そのほうだな」

伝次郎は金兵衛を見る。

「さようで……」

「そのときの当人が、ここにいる直吉にまちがいないか？」

伝次郎の射るような視線を受けた金兵衛は、目をしばたたいて、小首をかしげた。

「この人ではなかったような気がします」

緊張していた直吉の顔に、安堵の色が浮かんだ。巳之吉は顔をしかめた。

「すると、直吉の名を騙《かた》って金を借りたものがいるということだ。この男は金は借りていない。そういうことだな」

巳之吉と金兵衛は顔を見合わせた。

「これはまた困ったことを申されます。たとえそうだったとしても証文があるかぎり、金は返してもらわなければなりません。ちゃんとこういうものがあるんです」

よくない事態になっていると察したのか、巳之吉が借用証文を見せた。直吉がそれに視線を落とす。署名捺印がしてあり、住所が書かれている。

「……わたしの印が使われています。住まいは以前住んでいたところです」

「だったらまちがいありませんな。金は返していただかねばなりません」

巳之吉は自信を取り戻した顔になっていた。

伝次郎はしばし考えた。ここで、借りていない貸したの押し問答を繰り返しても埒《らち》が明かない。悪いのは三國屋ではなく、直吉の名を騙った人間である。

「金兵衛と申したな。そのほうは直吉の名を騙って、金を借りに来たものの顔を見れば、わかるのだな」

「そりゃあわかると思います。一分《ぶ》や二分の小金ではない大金でございますからね」

「さようか、ではまた出なおしてくることにする」

「お待ちを。たとえ人の名を騙って、金を借りたとしても当方に非はありません。また、証文があるかぎり、金は返してもらうことになります。そのことお忘れなくお願いいたしますよ」

巳之吉は伝次郎と直吉を引き留めると、冷ややかに、釘を刺した。

伝次郎はその巳之吉を一瞥《いちべつ》して店を出た。

「いったいどうするのです？」

表に出るなり直吉が心許《こころもと》ない顔を向けてきた。

「おまえが疑っている男がいたな。そいつに会って話す。ことと次第では、そいつを三國屋に連れて行くだけだ」

「わたしもいっしょするんですね」

「店の前まででいい。あとはおれにまかせておけ」

五

直吉が以前勤めていた舞鶴屋は、新両替町《しんりようがえちよう》一丁目にあった。通町《とおりちよう》（東海道）に面した大きな表店だ。店構えも立派で、間口も広い。出入口の戸は開け放たれており、暖簾越しに店の様子が窺えた。

「あの人です。いま土間に下りた痩せて背の高い人です」

伝次郎は直吉のいう男を見た。鶴のように痩せた男だ。客を送りだしながら、店の表に出てきた。

「ここで待っていろ」

伝次郎はそういうと、客に頭をさげている市助という手代に近づいた。

「手代の市助だな」

伝次郎の声に、市助が頭をあげてきょとんとした。背は伝次郎とほぼ同じだった。

「つかぬことを訊ねるが、少し暇をもらえるか」

「どんなことでしょうか……」

伝次郎は店の脇に置いてある天水桶《てんすいおけ》のそばに、市助をいざなった。

「三國屋という金貸しを知っているか？」

伝次郎は振り返って、市助の腹の底を読むような目を向けた。

「……三國屋……。いえ、存じませんが……」

「正直に話してもらいたい。もし、あとで嘘だと知れたらただではすまされない」

「いったいどういうことで……」

わずかに市助の顔色が変わった。脅されたことによるものか、嘘をついているからなのかわからない。

「この店に直吉という手代がいたはずだ。何者かがやつの印判を借用して、三國屋から金を借りているのだ。十両という高だ。もし、これが露見すれば、十両盗んだ盗人と同じで死罪だ」

伝次郎は無表情に市助を凝視する。

「わ、わたしは……そんなことは……」

「知らないと申すか。それならそれでいい」

伝次郎は一度引き下がるようなことをいって、つづけた。目は市助を見据えたままである。

「直吉は一月前までこの店にいた。手代仕事をしていたそうだな。おまえもよく知っているはずだ。直吉は巾着をさげて店に通っていた。その巾着には財布などが入っていたが、印判も入っていた。三國屋から金を借りたものは、その印判を借用し、直吉に成り代わって金を借りている」

「……それは災難でしたね」

市助は我関せずという顔であるが、目の奥に動揺の色がにじんでいる。性根の据わった悪党なら、なんの動揺も見せないだろうが、気の小さい悪党はすぐに表情に出る。

「直吉の印判は店で借用されたようだ。つまり、そいつは店のものか、客と考えられる。おまえに思いあたることはないか……」

「な、なぜ、わたしにそのようなことを……」

(こいつだったか……)

姑息《こそく》なことをする小心者《しょうしんもの》は、嘘がへただ。伝次郎が町奉行所の同心として、数多の犯罪人を扱ってきたから、見抜けることである。だからといってまだ決めつけるわけにはいかない。

伝次郎は相手の気持ちをほぐすように、表情をゆるめた。だが、瞳から気は抜かなかった。

「市助、三國屋まで付き合ってくれないか。仕事の邪魔になるかもしれないが、ちょいと三國屋に顔を出すまでだ。いやだというなら考えなきゃならねえ」

「あ、あの、お侍様はいったい直吉とどういう間柄で……」

「おれは南御番所のものだ」

いまはそうではないが、嘘つきにははったりで十分だった。とたん、市助の目に狼狽《ろうばい》の色が浮かんだが、生つばを呑み込んで、

「わかりました。お付き合いいたします。ですが、少しお待ちを」

と、物わかりのいいことをいい、一旦店に戻ってすぐに引き返してきた。

（おかしいな）

伝次郎はあまりにも素直な市助を訝《いぶか》しく思った。悪党にしては余裕がある。伝

次郎は自分の勘が鈍《にぶ》っているのかと思った。

舞鶴屋の前を離れる際、茶店で待っている直吉にそこにいるようにと、目配せをした。意思が通じたらしく、直吉は緊張の面持ちでうなずいた。

再び三國屋に戻ると、主の巳之吉と番頭の金兵衛があきれたように伝次郎を迎えた。

「さっきのことだが、この男に見覚えはないか？」

金兵衛が市助を眺めた。市助はかたい表情で立っている。

「いえ、どちらの方で……」

伝次郎は眉宇をひそめた。とたん、市助の口許に小さな笑みが浮かんだ。

「直吉の名を騙って金を借りに来た男の人相は覚えているな」

伝次郎は心に焦りを覚えつつ、金兵衛に問うた。

「会えばそうだとわかるはずですが、はっきりした人相は……」

「太っていたか痩せていたか？　年恰好はどうだった？」

「そうですね、太ってはいませんでした。痩せてもいなかったような。さっき見えた直吉さんに、似たような人でしたよ」

「直吉が……」

市助が驚いたようにつぶやいたが、伝次郎はかまわずに金兵衛に問いかけた。

「やけに鼻が大きかったとか、黒子《ほくろ》があったとか、そんなことは覚えていないか」

伝次郎は金兵衛を食い入るように見る。ちらりと市助を見ると、余裕の笑みを消していた。金兵衛はしばし考えたあとで、どこといって目立つような男ではなかったし、客の顔をじっと見たりはしないから、詳しくは覚えていないといった。ところがすぐに、なにかを思いだしたらしく、

「そういえば、指が太くて手がぶ厚かったのを覚えています。そうそう、職人のような手をしていました。筆を持つ手を見て、そう思ったんです」

それだけでは不十分であるが、これ以上聞いても金兵衛は覚えていないようだ。

「お侍様、借用証文は偽ではありませんからね」

店を出ようとすると、三國屋巳之吉があくまで金は直吉から取り立てるという顔を向けてきた。

「わかっておる」

伝次郎は憤ったように応じて表に出た。

「市助、いらぬ暇を取らせたな」

「いえ、疑いが解ければそれでわたしはいいんです」

市助はわずかな安堵《あんど》の色を浮かべた。

六

「市助さんじゃなかった……」

茶店に戻ると、直吉が目をぱちくりさせた。

「やつではない。だが、やつはなにかを知っている」

伝次郎は舞鶴屋の暖簾を眺めながら茶に口をつけた。

「それじゃ、やはりわたしはお金を返さなければならないんでしょうか」

「まあ、慌てるな。市助はおそらく、おまえの印判を使って金を借りたやつのことを知っているはずだ」

「でも、その人をどうやって見つけるんです？」

「ここはおれにまかせておけ。おそらく今日のうちにでもそいつのことはわかるはずだ」

「ほんとに……」

「市助の住まいは知っているな？」

「へえ」

「とりあえず、そっちに行ってみよう」

市助は店からほどない南紺屋町《みなみこんやちよう》の長屋住まいだった。井戸端で洗濯をしていた女房に声をかけて、市助の家を訪ねてくる男友達のことを聞くと、

「人が来ることはめったにありませんね」

と、あっさり答えられた。

「この長屋のものとは行き来があるだろう。仲のいい男は誰だ？」

「それだったら髪結いの伊左吉《いさきち》さんです。髷も伊左吉さんに頼んでいますよ」

伊左吉はどんな男だと訊ねると、年は四十ぐらいで、なよなよした女みたいだと、女房は額の汗をぬぐって、くすっと笑った。

「職人はいないか？」

「いますよ。でも、市助さんとはあまり気が合わないようですから、話しているの

を見たことはありません。あたしの亭主も職人ですけど、市助さんとは……」

女房は言葉をつぐんでひょいと首をすくめた。市助はとっつきの悪い男のようだ。

「伝次郎さん、こんなことをしてもらって申しわけありません」

市助の長屋を出たあとで、直吉が恐縮の体《てい》でいう。

「気にするな」

「でも、仕事を休んでまで……」

「乗りかかった船だ。それに気晴らしにもなる」

実際、そうであった。雨の日以外、休まず仕事をしている。適当に早仕舞をしたり、酒を飲んだりはしているが、たまに気分を変えることに妙な心地よさを覚えていた。

おそらく伝次郎には、ぬぐいきれない町方同心の性分《しょうぶん》が染みついているのだろう。そう考えてもおかしくはない。十四歳で見習い同心になり、以来同心とはどうあるべきかをたたき込まれてきたのだ。

「それでこれからどうするんです？」

「市助を見張る」

短く応じた伝次郎は、さっきの茶店に戻った。そこにいれば舞鶴屋に出入りする人間のことも、市助の動きもよくわかった。

市助はやった奴のことを知っている。あるいは、共謀《きょうぼう》している疑いがある。いや、そうだと伝次郎は確信していた。もっとも勘ではあるが、おそらくはずれてはいないはずだ。

市助は危機を感じている。おそらく仕事は手につかず、追及の手からどう逃れればよいか、どうやって隠蔽《いんぺい》すればよいか、なにか手を打たなければならないと、焦りまくっているにちがいない。

焦れば冷静な判断を下すことはできない。また、自分ひとりで対処できない小心者は、必ず誰かを頼る。その頼る人物こそが、悪党だと考えていいはずだ。

(じっと待つのみだ)

伝次郎は胸の内でつぶやいて、のんびり顔で茶を飲む。心に落ち着きをなくし焦っているはずの市助は、店の営業が終わる前に動くかもしれない。伝次郎は獲物を狙う獣の境地で見張りをつづける。

暇を持てあます直吉は、問わず語りにまたもや自分の身の上話をした。そのほとんどは、これまでの自分の考えややり方をあらためて、母親の店を継ぎたいということだった。

「おっかさんには瀬戸物屋は性に合わない、などといってきましたが、それは本心じゃなかったのです。おとっつぁんが一代で店を築いたように、わたしもその真似をしたかったからなんです。でも、結局はそんな真似はできないし、そんな器量がわたしにはないと気づきました。あっちの店、こっちの店とわたり歩いて、それなりに商売のことは覚えてきましたが、結局はおっかさんが守っている店を、わたしが継ぐのが一番だと気づいたんです。おっかさんが首を縦に振ってくれたら、わたしはおとっつぁんが生きていたときと同じような大きな店に戻す覚悟なんです」

「立派な心がけだ」

伝次郎は舞鶴屋に目を注ぎながら相槌を打つ。

「伝次郎さんだから正直に打ちあけますが、こんな心持ちになったのは、やはりお房さんがいるからだと思います。あの人はいっしょになれないといいますが、それはきっとわたしに甲斐性がないと、決めつけているからだと思うんです。頼りない男だと思っているのかもしれません。わたしはそうでないことをあの人に教えたいし、わかってもらいたいんです」

「……惚れた弱みが、おまえの心を変えたってわけか」

「そうかもしれません」

「ふむ、だが悪いことじゃねえ。人間なにかのきっかけで大きく変わることがある」

「はい、わたしはきっと変わって見せます。一度死のうとしたんですから……」

伝次郎は聞き流した。身投げしようとしたところを引き止めはしたが、おそらく止めなくても、直吉は死にきれなかったはずだと思っている。

「それにしてもいざというときに、どうしてこんな災難にあわなきゃならないんだろう」

直吉は愚痴をいって、大きく嘆息した。

「腹が減ってきたな。そこの飯屋に移るか。そっちでも見張りはできる」

伝次郎がそういって腰をあげかけたとき、市助が表に姿をあらわした。風呂敷包みを抱え持っているので、届け物かもしれない。

「飯はあとだ。市助を尾《つ》ける」

七

風呂敷包みを抱え持った市助は、通町を南へ歩き、尾張町《おわりちょう》二丁目を右に折れた。

「やはり届け物では……」

伝次郎について尾行をする直吉が、市助の行き先を推量してつぶやく。同じ店にいたから、どこに馴染みの客がいるかぐらいはわかっているのだ。

市助は守山町《もりやまちょう》をやり過ごした。すると、加賀町《かがちょう》の三味線《しゃみせん》師匠の家ではないかと、直吉がぶつぶつとつぶやく。

ところが、そうではなかった。市助は足を早めると、滝山町《たきやまちょう》にある長屋に入っていった。

「新しい客の家かな……。それともわたしの知らない客かも……」

疑問を口にする直吉にはかまわず、伝次郎は市助の背中を見つづけた。伝次郎と直吉はその長屋の木戸口で、一度立ち止まって様子を見た。

市助は一軒の家の前で立ち止まり、短く声をかけて、家の中に消えた。飛び込むような入り方で、すぐにぴしゃんと戸の閉まる音がした。

伝次郎と直吉は顔を見合わせて路地に入り、市助が訪ねた家の前で立ち止まった。

腰高障子に、「指物屋　平八」と書かれている。居職の指物師の家だ。

伝次郎は耳を澄まして、家の中から聞こえてくる話し声に聞き耳を立てた。声はひそめられているが、いくつかの話の断片《だんぺん》を拾うことができた。

「三國屋が……」「……印判のことであやしまれている」「証拠はないんだ」

伝次郎は目を厳しくして、直吉を見てうなずいた。まちがいない、この二人の仕業だったのだ。伝次郎は戸に手をかけようとした、その手を直吉が制するように止め、

「……ここはわたしに」

と、ささやき声で伝次郎を見た。

まかせてくれと、目に強い意思を示して言葉を足す。伝次郎は一瞬躊躇ったが、直吉の意思を汲み取って、一歩下がった。

「こんちは」

直吉はつとめて明るい声を発して、勢いよく腰高障子を引き開けた。

話しあっていた市助と平八《へいはち》が、ギョッとした顔を向けてきた。直吉はかまわずに敷居をまたいだ。突然のことに、二人は息を呑んだままだった。

家の中には制作途中の箱や文机などがあり、鉋《かんな》や木槌《きづち》、鑿《のみ》、鋸《のこぎり》などが平八のそばにあった。畳には木屑《きくず》が山のように堆積していて、その木屑を掃いたところに市助が座っていた。平八は濡れ縁側の障子を背にしていた。

「やはりそうだったのですね」

直吉は三和土《たたき》に立って二人を眺めた。

「て、てめえらなんだ」

平八が直吉をにらんでから、伝次郎に目を向ける。その表情はいやがおうでもかたくなる。目立つことのない凡庸《ぼんよう》な顔だ。だが、掌だけは職人らしくぶ厚かった。

「もう、隠すことはないでしょう。いま表であなたたちの話を聞きました。もう、逃げも隠れもできませんよ」

直吉は静かな口調で話す。伝次郎は市助と平八が、開き直って暴れるのを警戒するが、その様子はないようだ。黙って見守ることにした。

「わたしの印判を盗んだのは市助さんですね。そして、その印判を平八さんにわたして、三國屋で金を借りた。そうなんですね」

平八は自分の膝許に視線を落とす。市助はうつむいたままだった。

「いま、平八さんは証拠はないとおっしゃいましたね」

平八の顔がびくっとあがる。

「悪いことはできません。証拠はありますよ。それは平八さんの筆跡です。借用証文にはわたしの字ではない、名前と住所が書かれています。それは平八さんのものにちがいありません。それでも白《しら》を切るとおっしゃるなら、これから三國屋に行ってたしかめましょう。それから御番所に行くだけです。わたしの名を騙って三國屋から金を借りたのは、あなたたちだったのですね」

重い沈黙が家の中に漂った。

成り行きを見守っている伝次郎は、なるほどこういう責め方もあったなと、直吉に少なからず感心した。自分なら「やい、てめえら！」と、怒鳴り込んでいただろう。

「すまない。直吉、つい魔が差してしまったんだよ」

先に市助が折れて頭をさげた。平八も逃げられないと観念したのか、がくっと肩を落とす。そんな二人を直吉は、醒《さ》めた目で見つめた。

「なぜ、そんなことをしたんです？　見つからないとでも思ったのですか？　いや、きっとわからないと思われたから、こんな馬鹿げたことをされたんでしょう。それとも、わたしだったら泣き寝入りするから、かまうことはない、自分たちのことはわからないと高をくくられたのでしょうか」

市助と平八はむっつり黙り込んだまま。

「なんだか腹が立つよりも、がっかりです。わたしは少なからず市助さんのことを尊敬していたし、手代仕事にも感心しておりました。接客上手で、算盤勘定も人より早く、まちがいがない。商人としてはわたしより二枚も三枚も上の人だと思っておりました。それなのに、あなたはわたしのなにが気に入らないのか、ありもしないことをいい触らして、わたしの信用を落とすようなことをされましたね。それでもわたしはなにもいわずに、店を去りました。市助さんのことを、そりゃ少しは憎く思ったり、恨んだりはしましたが、それは一時のことでした。やはり市助さんは立派な手代だと思っておりました。いずれ番頭になって舞鶴屋を支える人になるんだと……。それなのに、こんなことを……」

直吉は大きなため息をついて、首を振った。

市助は揃えた膝に置いた手をにぎりしめ、悔しそうに唇を噛んでいる。平八は下を向いたままだ。日が翳り、家の中が暗くなった。

「市助さんには嫁さんもいます。子ができたとも聞いています。わたしが訴え出れば、縄を打たれ牢送りになる」

その言葉に、市助と平八はさっと顔をあげた。二人とも顔色をなくしている。直吉はかまわずつづけた。

「おかみさんを悲しませ、なにも知らない赤子に苦労をかけることになる。これまでの信用も水の泡のように消えてしまう。そんなことは考えなかったんですか」

いっているうちに感情が高ぶったのか、直吉は目の縁を赤くしていた。

「許しておくれ。勘弁しておくれ」

いきなり市助が鶴のように細い体を折って、畳に額をすりつけた。

「まったく馬鹿げたことをされましたね」

「勘弁だ。金はちゃんと返す。頼むから御番所に訴えるのだけはやめてくれ。これこのとおりだ。あんたのいうことならなんでもする。殴りたけりゃ遠慮なく殴ってくれ。足蹴にされたって、半殺しの目にあったたっていい。頼む、このとおりだから見逃してくれねえか。頼む、頼む……」

平八も市助同様に額をすりつけて懇願した。

「てめえら、なぜこんなくだらないことをしやがった」

それまで黙っていた伝次郎がいった。二人はわずかに顔をあげただけで、

「遊ぶ金がほしかったんです。博奕《ばくち》の負けが込んで、その穴埋めもしなければならなくなってしまい、自分を見失ってしまったんです」

と、いったのは平八だった。

「二進《にっち》も三進《さっち》もいかなくなり、市助に相談すると、いい考えがあるといわれ。おれはその考えに乗って……」

そういった平八のあとを、直吉が引き取った。

「わたしの印判を利用して、金を借りればわかりはしない。そう思ったわけですね。三國屋で印判が使われたのは、わたしが舞鶴屋をやめるとわかっているころでしたからね」

「おまえさんが越すのもわかっていたし、三國屋の取り立て屋が引っ越し先まで催

促に行くとは考えなかったんだ。ほんとうに申しわけないことをしちまった」

市助はうなだれたまま、ほんとうにすまなかったと言葉を足した。

「おい、おれが誰だかわかっているんだろうな」

伝次郎がいうと、市助と平八が凝然《ぎょうぜん》とこわばった顔を向けてきた。市助には南町奉行所の同心だと話してある。平八もそれを聞いているはずだ。

「おれはこのまま黙ってはおれぬ人間だ。罪人は一度やった過ちを何度も繰り返す。それが世の常だ。さて、どうしたものか……」

伝次郎は指で唇をなぞりながら、直吉を見た。

「人は誰しも気の迷いから大きな過ちを犯すことがあると思います。二人はもうすっかり懲《こ》りているようです。お金を返してくださるなら、わたしは今回にかぎって目をつぶろうと思います」

直吉の言葉に、市助と平八は目をみはって救われた顔をした。

「すまない」

市助が頭をさげる。

「すまねえ」

平八も深々と頭をさげた。

「ひとつだけ約束してください。もし、その約束を破ったら、わたしはほんとうに訴えます」

「約束は必ず守る」

平八が命乞いでもするような顔を直吉に向けた。

「三國屋に借りたお金をちゃんと返してください。できれば今日のうちに、返せるだけ返してもらえますか」

「返す。ちゃんと返す」

市助がはっきりと約束した。

「では、借用証文を書き換えなければなりません。これから三國屋に付き合ってください」

直吉はきっぱりいうと、先に平八の長屋を出た。

「これじゃまずかったでしょうか……」

直吉が心許ない顔で、伝次郎を見てきた。

「いや、おまえを見直した」

伝次郎は口の端に小さな笑みを浮かべてから、戸口から出てくる平八と市助に厳しい目を向けた。

第四章　再会

一

「そりゃよかった」

伝次郎は猪牙の手入れをしながら、圭助の話を聞いていた。舟底にたまった淦《あか》をすくいだし、雑巾で残りを拭き取る。

「伝次郎さんのいったように天気の話からしたんですけど、お弓ちゃんもすぐに応えてくれましてね。船頭さんは雨の日は大変でしょうなんていうんです」

圭助はそういいながら、でれっと鼻の下を長くしている。

「向こうも脈があるんじゃないのか……」

伝次郎は雑巾を絞った。

「いや、それはどうかわかりませんけど、おいらのことを圭助さんって、呼んでくれるようになったんです」

「…………」

伝次郎は空をあおいだ。雨を降らせそうな鼠色の雲が西の空に迫りだしている。風もいつもより生ぬるい。

「昨日、縁日にでも行かないかって誘うと、店を休めるならかまわないわってね。でも、縁日はあまり多くないから、芝居見物はどうだっていうと、大乗り気なんです。海老蔵《えびぞう》がお気に入りらしくて、ぜひ観に行きたいというんです」

圭助はしまりのない顔で、のろけ話を延々とつづける。半分聞き流している伝次郎は、その後直吉がどうしているかが気になった。三國屋の一件はうまく片がついたが、母親をなんとか説得して店を立て直したいといっていたのだが……。

「おまえは海老蔵の男っぷりに負けねえようにしなきゃな」

「あ、それは無理です。当代きっての二枚目です。おいらなんか足許にも及ばないでしょう。でも、相手は手の届かない役者です。おいらと比べても所詮《しょせん》しかたがないことでしょう」

「そうだろうな。それより、そろそろ仕事に行かなくていいのか」

「あ、いけねえ」

圭助はぺたんと自分の後頭部をたたいて、雁木から腰をあげた。

「伝次郎さん、今度お弓ちゃんを紹介しますから、会ってください。伝次郎さんのことを話してあるんです。年は食ってるけど、男っぷりのいい船頭だってね」

「年食ってるは余計だ」

「あ、そうか……」

圭助はぺろっと舌を出して、自分の舟に乗り込んだ。伝次郎も船頭半纏を羽織り、菅笠を被った。


「やっと見つけた。あの船頭にまちがいなかろう」

久木野角蔵は芝翫河岸を離れ、万年橋のほうに向かう猪牙の船頭を見ながら、相変わらずの無精ひげを手でさすった。

「たしかにあの男だ。それで角蔵、いかがする?」

那須幸之助は角蔵を見た。

「まずはやつのことを調べようではないか?」

「それは余計であろう。調べまわったらのちのちまずいことになりはしないか……」

角蔵は思慮深い幸之助を振り返って、

「いかにもさようであるな。だが、名ぐらい知りたいものだ」

といって、まわりに目を向けたとき、近所のものとおぼしき女がやってきた。すらっとしている目鼻立ちのよい女だ。

「そこの女、しばらく。ちょいと訊ねるが……」

行きすぎようとした女が振り返った。よくよく見ると、三十近い年増だ。それでも小股の切れあがった女である。

「なんでしょう」

「いま万年橋に差しかかっている猪牙があるな。あの船頭の名を知らぬか?」

聞かれた女は去りゆく猪牙舟を見て、頬にやわらかな笑みを浮かべた。

「あれは伝次郎さんですわ。いい船頭さんですよ。でも、なにかあの人に……」

女は長い睫毛《まつげ》を動かしながら、角蔵と幸之助を交互に見る。

「腕がいいというから、名前だけでも聞いておこうと思ってな」

「ぜひ、お乗りになるといいですわ」

「この辺に住んでおるのか？」

「わたしでしょうか、伝次郎さんでしょうか？」

「そなただ」

久しぶりに見るいい女である。

あっさり帰したくないという、角蔵の男心が騒いでいた。

「わたしでしたら、この先の深川元町で飯屋をやっております。『ちぐさ』という店ですので、ぜひお立ち寄りください。では……」

女は口許に蠱惑的《こわくてき》な笑みを浮かべて去っていった。

「……いい女だな」

角蔵が見惚《みと》れたように「ちぐさ」の女将を見送ると、幸之助が脇腹を肘《ひじ》でつついてくる。

「おぬしはすぐに余計な口を利くのがいかぬ。あの女は伝次郎という船頭をよく知っておるようではないか」

「だからどうしたというのだ。おれは船頭の名を聞いただけだ」

「まあ、いい。それでいかがいたす」

角蔵は小名木川に目を戻した。すでに伝次郎の猪牙は見えなくなっていた。

「昼のさなかではまずかろう。人目につきにくい、暮れたあとで待ち伏せだ。いやってほど思い知らせてやる」

二

今戸橋《いまどばし》のそばで客をおろしたとき、被っている菅笠に雨のあたる音がした。伝次郎は鼠色の雲が漂う空を見あげた。とたん、頬に雨の粒が張りついてきた。

水面にも小さな波紋が広がっている。昼下がりの大川はいつになく暗く、舟の数も少なかった。向島からやってくる渡し舟が見えたが、客は三人しか乗っていなかった。

(今日は仕舞いにしよう)

伝次郎は芝翫河岸に戻ることにした。雨が降れば、客はいなくなるし、川も荒れる。視界も悪くなり、操船にも難儀する。こういったときは早めの決断が大事だった。

大川を下るうちに、雨が強くなったが、小名木川に入ると小降りになった。雲の切れ間に青空ものぞく。それでもすっかり雨はやみはしない。

舟を芝翫河岸につなぎ止め、長屋の家に戻り、着替えをした。雨に濡れたせいで、体が冷えていた。三吉屋で買い求めた急須を桐箱から取りだして、あらためて眺めた。

朽《く》ち葉《ば》色の釉薬《ゆうやく》があわくかかっていて、蓋《ふた》にはよくよく見なければわからない天目《てんもく》が施されている。味わいがあり、幽玄《ゆうげん》で端正な美しさがある。

（いい掘り出し物を買ったのかもしれねえ）

急須を満足げに眺めた伝次郎は、丁寧に桐箱に戻して一服つけた。急須は千草に贈るつもりで買ったのだが、この時間はまだ店は開けていないはずだ。酒を飲むのも早過ぎると、目の前をたゆたう紫煙を眺めて思う。

表から怒鳴りあう子供たちの声が聞こえてきた。ふざけあっているうちに喧嘩になったのかもしれない。よくあることだ。とたんに、ひとりの泣き声が聞こえてきた。

それを囃《はや》し立てるような声がして、「こら、なにやってんだい!」と、おかみの怒鳴り声がした。

伝次郎は煙草盆に煙管を打ちつけて、三吉屋に顔を出してみようと思った。どうにも直吉のことが気になっているのだ。倅を見る母親の考え方と、直吉の考えに行き違いがあるようなのだ。いらぬお節介かもしれないが、どうにも放っておけなくなっている。

表に出ると、雨はやんでいた。

そのせいで西の空は明るくなっているが、すでに夕七つ(午後四時)の鐘は鳴っているからすぐ暮れるはずだ。

「これは船頭さん……」

三吉屋の戸口を入るなり、おときが笑顔を向けてきた。年寄り客と茶飲み話をしているところだった。

「お邪魔かな」

「いいえ、どうぞ遊んでいってくださいまし。いま茶を淹れますから。それじゃ鶴《つる》亀《かめ》さんにはそう伝えておいてくださいな」

おときは年寄りにいって、伝次郎に茶を差しだした。

「話がついたらまたくるよ」

年寄りはそういって立ちあがり、軽く伝次郎に頭をさげて出ていった。

「この前はいいものを買わせてもらった」

「そういっていただけるとこっちも安心いたします。客の中には、あとになっていちゃもんつけてくる人もいますからね。雨、やんだようですね」

おときは表に目を向けて、火鉢の炭をいじった。

「直吉は来たかい？」

「ここしばらく顔を見せてませんね。少しはわかってくれたと思っていたら、すぐ掌を返すようなことをいって来るんですから、世話が焼けるったらありゃしませんよ。躾《しつけ》があまかったんですね。船頭さんは会われましたか？」

やはり自分の子のことは気になるのだろう。目には心配の色がある。

「先日会いましたよ。おっかさんにわかってもらいたいと、そんなことをいってました」

「わたしに、なにをわかれっていうんでしょう」

伝次郎は茶を吹いて、口をつけた。

「あれはなかなかの商売人ですよ」

ヘッ、とおときは驚いたような顔をした。

「おこがましいかもしれないが、子のことを親はよくわかっていないこともある。まあ、その逆もいえることだろうが、直吉は直吉なりに苦労してんですよ」

「あの子が……」

おときは懐疑的な顔をするが、それにはいくらかの期待感もあるようだった。

「ずいぶんこの店のことを心配していますよ。あちこちの店をわたり歩くうちに、やはり親の跡を継ぐのが一番だったと、おれにしみじみいうんです。親父さんは立派な商人だったらしいねえ」

「そりゃ、裸一貫から店を大きくした苦労人でしたからね。だけど、自分の苦労は忘れて直吉にはあまい育て方をしました。あの人だけでなく、わたしもいけなかったんでしょうけど……」

おときは火鉢に炭を足して整えた。小さな煙が二人の間に立ち昇った。

「勝手ないいぶんですが、直吉は人を見る目がありますよ。人に対する思いやりもある。商売のイロハも十分知っている。かといって、あの年で新しい店に勤めるのは難しい」

「船頭さん、まさか直吉に頼まれてきたんじゃないでしょうね」

おときが猜疑心《さいぎしん》の勝った目を向けてきた。

「とんでもない。直吉と話して感じたことです。実際そういう男です。商売ってのは、いやおれも客相手の船頭をやっているからいうんだが、客のことを思いやらなきゃ仕事はできない。また乗せてくれという客もいなくなる。瀬戸物商売もいっしょじゃありませんか。人あっての商売ですからね」

「そりゃそうですよ。客がなにをほしがっているか、どんなものを勧めたらいいか……他にもいろいろありますが……」

「そうでしょう。直吉はそういう商売人の目を持っていますよ。酸《す》いも甘いも知っている。おとつぁんに負けない商売人になるんだという、強い考えを持っている。そんなことをこの前話したんですよ。おれにはよくしゃべってくれましてね」

伝次郎は湯呑みの中の茶柱を眺めた。店には行灯がつけられているが、表がずいぶん暗くなったのがわかった。

「あの子が、おとっつぁんに負けない商売人に……そんなことをいったんですか？」

「いいました」

おときは目をしばたたいた。

「それじゃ船頭さんは、直吉にいっしょになりたいという女がいるのも知っていますね」

「会ったことはないけど、話には聞いてますよ」

ふーっと、おときは短く嘆息して、

「あの子も、ほんとにまったく……」

と、独り言をいうようにつぶやいた。

「今日は早仕舞いをしたんで、ひょっとしたら直吉が来てるんじゃないかと思ってきたんですが……あてが外れたようだ。おふくろさん、余計なことをいっちまったね」

伝次郎が湯呑みを置くと、おときはいいえと首を振って、

「また遊びに来てくださいな」

と、ほんわり微笑んだ。

三

表に出ると、雲が少なくなっており、あかるい月と星が浮かんでいた。皓々《こうこう》と照る満月は雲に呑み込まれようとしているが、足許は提灯もいらないほどよく見えた。

（やはり、いらぬことだったかもしれねえ）

伝次郎の胸にはかすかな悔恨《かいこん》があったが、それも取るに足りぬことだろうと思いなおした。川政の前で一度立ち止まった。

政五郎がばったり出てくれば、飲みに誘おうと思った。いつも誘われるばかりである。たまには自分から声をかけるのも悪くないと思ったのだが、川政の腰高障子は閉まったままで、人の出てくる気配はなかった。

伝次郎はそのまま千草の店に足を向けた。急須を持っていってやろうかと、頭の

片隅で思う。

「伝次郎……」

ふいの声がかかったのは、高橋をわたってすぐのところだった。

振り返ると二人の侍が立っていた。伝次郎は眉間にしわを彫った。先日、直吉にいちゃもんをつけた浪人だ。

「なんだい」

伝次郎は怯《ひる》みもせずに、声を返した。

「先日はとんだ恥さらしをさせられてしまった。そのほうが無腰だから目をつぶって堪えたが、やはりこういうことはきっちり話をつけておかねば武士の名折れだ」

というのは角蔵という男だ。色白で痩身の幸之助は、そばに立ったまま伝次郎をにらみ据えている。

「武士の名折れだろうがなんだろうが、おれには関係ないだろう。それに今日も見てのとおり、おれは無腰ですぜ」

相手が意趣返しをしたいのはわかっていた。

「出過ぎた真似をしたのでしたら、このとおり謝ります」

伝次郎は騒ぎを起こしたくなかった。膝に両手をついて頭をさげた。

だが、相手は黙したままにらみつけてくる。

「きさま、剣術の心得があるな」

角蔵が聞いてきた。

「さほどの腕は持っておりません」

「だが、心得はある。その腕を試してみないか。いやだといっても、今夜は付き合ってもらわなければ、あとに引けぬのだ」

伝次郎は目を細めて、二人を眺めた。月光を受けた二人の顔には、人をいたぶりたいという色が刷《は》かれている。

「無腰を相手に腕を試したいと、そうおっしゃるんで……」

「そんな無様な真似ができるか。おれたちのどちらか一方の刀を貸してやる」

幸之助が一歩前に出ていった。殺気だった目をしている。

伝次郎は小さく嘆息した。このまま引き下がるような男たちではなさそうだし、断って逃げても、しつこくつきまとってくるだろう。とても穏便にすますことはできそうにない。

「わかった。では、自分の刀を取ってくる。人目につくところでは、騒ぎになるかもしれないから、この先に神明社というお宮がある。そこの境内で待っていてくれ」

「よかろう」

角蔵が皮肉な笑みを浮かべた。

「そのまま逃げる魂胆ではあるまいな」

幸之助がいうのへ、男の約束だと伝次郎は答えた。

家に戻った伝次郎は、愛刀・井上真改を風呂敷で隠すように持って神明社に向かった。

あかるい満月が叢雲《むらくも》から吐きだされ、夜道が一層あかるくなった。

伝次郎は「ちぐさ」の前をわざと避けて、神明社についた。鳥居の下で待っていた角蔵と幸之助が、伝次郎を認めると、先に境内に向かった。

伝次郎はそれを追うように境内に入り、刀を覆い隠していた風呂敷を剝ぎ取り、腰に結びつけた。

「刀を持っている船頭だったとはな。世の中も変われば変わるものだ」

角蔵が仁王立ちになっていう。

伝次郎は左手に刀を持ったまま足を進めた。

「この前はおぬしを舐めてかかったから油断したが、今夜はそうはいかぬぞ」

いい放つ角蔵は、柄《つか》に手をあて、殺気をみなぎらせた。そばに立つ幸之助は、まだ刀に手を添えていないが、用心深い目をしている。

「遠慮はせぬ」

伝次郎は武士言葉になっていった。すうっと、先に刀を抜き、鞘をさも大事そうに足許に置いた。その間も、角蔵と幸之助から目を離さなかった。

「心してかかってくるがよい。もとより身共《みども》らも遠慮するつもりはない」

角蔵がさっと刀を鞘走らせ、八相《はっそう》に構えた。間合い二間半。

幸之助も柄に手を添えて、鯉口《こいぐち》を切った。

伝次郎は刀の切っ先を右下に向けた、変則の下段の構えで石畳を進み、間合いを詰めた。月光に照らされる角蔵の顔に血が上るのがわかった。

「こいッ」

角蔵が誘いの声をかけたと同時に、伝次郎は石畳を蹴って前に飛んだ。その俊敏な動きに驚いたのか、角蔵は思わず右によけた。かわしたその身の紙一重の空隙を、伝次郎の刀が刃風をうならせて風を切った。

「ぬぬッ……」

うなり声を漏らす角蔵は青眼に構えなおした。

伝次郎はすすっとすり足で間合いを詰める。股引は袴や着物を着ているより動きやすい。さらに伝次郎は日課の鍛練を怠っていないので、身が軽い。

伝次郎に隙を見いだせない角蔵が、焦ったように牽制《けんせい》の突きを送り込んできて、すぐさま袈裟懸けに刀を振ってきた。伝次郎は左にいなすと同時に、刀を左脇に引き、棟《むね》を返した。そのまま振り返って体勢を整えようとしていた角蔵の左脇に、刀をたたきつけた。

どすっと肉をたたく鈍い音がした。

「うぐわっ……」

角蔵は片膝をついたまま前のめりにうずくまった。おそらく肋《あばら》の二、三本は折れているはずだ。

それを見た幸之助は驚愕《きょうがく》したように目を見開いていたが、静かに刀を構えなおした伝次郎を見て、懸河《けんが》の勢いで撃ちかかってきた。

伝次郎は相手の刀を下からはねあげた。耳障りな鋼《はがね》の音と同時に、小さな火花が飛び散った。幸之助は一間ほど飛びすさって、青眼《せいがん》から右八相に構える。

伝次郎はずんずん間合いを詰める。幸之助が恐れたように下がる。

「怖じ気づいたか……」

「なにをッ」

幸之助が口をねじ曲げて、眉を吊りあげた。

刹那、伝次郎は下段に構えていた刀を逆袈裟に振りあげた。

幸之助が慌てて右にまわりこむ。逃《のが》さじと追い討ちの一撃を送り込むと、幸之助は上から払い落とすように刀を振ってきた。

だが、それは伝次郎が体をひねることで空《くう》を切った。目標を失った幸之助の体が泳いだその瞬間、伝次郎の刀が宙を舞うように動き、幸之助の首筋にぴたりとあてられた。

「うっ……」

幸之助は顔面蒼白となって佇立《ちょりつ》した。手にした刀を動かせないでいる。

「このまま素っ首を刎《は》ねるか」

「や、やめろ」

幸之助がふるえ声を漏らした。

「みっともなくも武士が命乞いか。町人をいじめるのが関の山の浪人であろうから、大方この程度だとは思っていたが、それにしても恥を知ることだ」

伝次郎は武士言葉になっていい放つ。

「二度とおれの目の前に顔を見せるな」

伝次郎はそういうなり、刀をすばやく返し、柄頭で思い切り幸之助の顎を打ち砕いた。

弧を描く血の条が月光に浮かび、幸之助はのけぞりながら倒れた。

血ぶるいをかけるように刀を振った伝次郎は、痛みにうめき声を漏らしている角蔵に冷たい一瞥をくれると、愛刀の鞘を拾いあげて納刀し、何事もなかったかのように神明社をあとにした。

身の振り方に頭を悩ませていた直吉は、ようやく自分なりの結論を見いだした。あれこれ考えても、もはや前には進まない。こうなったら行動するのみだと、すっくと立ちあがった。

四

がらりと戸を引き開けて、長屋の表に出た。空にあかるい月が浮かんでいる。暗い長屋の路地も、そのせいでいつになくあかるい。提灯を持とうかと考えていたが、その必要はないようだ。それにお房の家はすぐ近くである。

一度表道に出て、すぐ先の木戸口を入れば、お房の長屋だった。家々のあかりが、路地にこぼれている。

(今夜は、お房さんと酒でも飲みながら、じっくり話し合おう)

ここしばらく顔を合わせていなかったので、会うのも楽しみだし、どうしても話したいことがあった。断られたときのことも考え、その心の準備もあった。

お房の家の前に来たが、家の中は暗いままだ。声をかけても返事がない。直吉は長屋の奥に視線を走らせ、ついで長屋の木戸口に目を向けた。

（まだ、店のほうかもしれない）

そう思った直吉は、若松屋に足を向けた。お房がどういう経路で店に通っているかはよく知っていた。行き違いになるといけないので、同じ道をたどる。

そうはいっても、富岡橋をわたって油堀沿いの道をまっすぐ行けばいいだけのことだった。町屋の屋根越しに永代寺《えいたいじ》境内の杜《もり》が鬱蒼《うっそう》としている。欅や椎《しい》などは葉を落としているが、松や楠《くすのき》などは青い葉を繁らせたままだ。

夜が更けるとときおり梟《ふくろう》の声が聞こえてくるが、それは決まって永代寺の杜からだった。月のおかげで道は歩きやすかった。とろっと、まさに油を流したように穏やかな堀川にはその月が映り込んでいた。

馬場通りを突っ切って若松屋の表に立ったが、出入口の戸はきっちり閉められている。戸をたたき、声をかけた。

「ごめんくださいまし……」

待つこともなく若い奉公人が、脇の潜《くぐ》り戸《ど》に顔を見せた。

「これは直吉さん、どうなさいました」

直吉は若松屋の主・惣右衛門以下のほとんどの奉公人を知っていた。

「お房さんなんだが、まだいるかい？」

「いえ、もうとっくにお帰りになりましたよ」

「帰った……」

「へえ、なにかあったんですか？」

「なんでもない。それならいいんだ。近くまで来たんで、もしいるようだったらいっしょに帰ろうと思っただけだから……」

直吉は適当なことをいって若松屋に背を向けた。潜り戸の閉まる音がした。

通りには料理屋のあかりがあり、酔客の声がしていた。姉さん被りをした流しの三味線《しゃみせん》弾きがそばを通って、先の路地に消えていった。

直吉は馬場通りをひと眺めした。お房らしき女の姿はない。

お房はときどき行方をくらますことがある。かといって行方知れずになるのではない。遅くなっても帰ってくるようだし、翌朝はちゃんと勤めにも出ている。

そんなとき、直吉はいろんなことを勝手に想像した。他に男がいるのではないか。人にいえない夜の商売をやっているのではないかなどと……。

ぼんやり、来た道を引き返していると、

「お兄さん、ちょいと……」

と、艶《つや》めいた声が脇の路地からかけられた。暗がりに白塗りの顔があった。にやりと笑い、裾をちょいと持ちあげる。このあたりには遊女屋があるし、夜鷹《よたか》もいる。

「急いでいるんだ」

振り切るように足を急がせると、

「ちッ、なんだい」

と、毒づく女の声がした。

お房の長屋に戻ったが、やはり家は暗いままで、戸も閉まっていた。明日にしようかと、逡巡したが、どうしても今夜のうちに話をしたいという思いが強い。直吉は待つことにした。長屋の表に出て、近くの居酒屋に入り、河岸道の見える席についた。

酒はあまり飲めるほうではないが嫌いではない。ちびちびと舐めるように酒を飲み、カリッと焼かれた鰯を肴にした。

お房が自分の意を汲んでくれたら、おっかさんに会って今度こそきちんと納得するような話をしようと考えている。ただ、ひとつ気になることがある。

——いっしょになれば、わたしはあなたを殺すことになるかもしれない。

と、いったお房の一言だった。

そんなことをいう女ではないし、そんな恐ろしいことのできる女ではない。いわれたときは、見事に突き放されたと思い、悲嘆に暮れたが、いまになって思い返せば、その言葉の裏には深いわけがあるにちがいないと察している。

お房は若松屋でも評判がよく、できた女でとおっている。大おかみの世話を焼き、主・惣右衛門の子供二人の面倒もよくみている。最近では番頭仕事の手伝いもしていると聞いている。

——直吉さんはいい人を紹介してくれた。

若松屋惣右衛門に何度かそういわれたことがあった。しかし、お房さんも気の毒な人だという。亭主と生き別れたらしいが、その亭主の気が知れないとあきれもする。直吉も同じことを感じているから、まったくですと言葉を返していた。

あまり自分のことを語りたがらないお房のことを、

（謎の多い人だ）

と、直吉は思っているが、そのことがかえって心惹かれる要因になっている。がやがやと騒がしかった店内が、少しずつ静かになっていった。ひとり、またひとりとほどよく酔った客が帰っていくのだ。店のものは片づけにかかっているし、たいして飲み食いしない直吉に、太った店の女が迷惑そうな目を向けてくる。

銚子《ちょうし》に酒が少し残っていたので、これを飲んだら帰ろうと思ったとき、窓の外にお房の姿が見えた。直吉は顔は見えなくても、遠くからでもお房だとわかった。

急いで勘定をして店の表に出たとき、お房はもうすぐそこまで歩いてきていた。

「あら」

と、直吉に気づいて足を止める。頭巾で頰被りをしている。手にした提灯のあかりを受けたお房の目が、驚きからいつものやさしげな目に変わる。

「今夜は出かけていたんですね」

「野暮用があったんです。直吉さんにしては、こんな遅くにめずらしいですわね」

「たまにはこんな日もあります。どこかで話せませんか」

直吉は一歩詰め寄った。

「遅いのはわかっていますけど、どうしても話したいことがあるんです」

お房はあたりに視線をめぐらしてから、

「それじゃわたしの家で……」

といった。

五

お房が竈《かまど》の前で炭をおこす間、直吉は手持ち無沙汰《ぶさた》に家の中を見まわした。いつもきれいに整えられている。調度《ちょうど》は少なく、食器も必要なだけ揃えられているだけだ。枕屏風の横の壁に松の葉模様の羽織が掛けられている。

「お房さんはときどき、今夜のように遅くなることがありますね」

直吉の声に、お房の肩がびくっと小さく動いた。

「どこに行かれるんです」

あまり立ち入ったことは聞かないほうがいいと遠慮していたが、今夜はどうしても知りたいと思った。もっともそれは大事な話ではないが……。

「どこって……あちこちです」

「あちこち？」

「火がおきましたわ」

お房はそういって、居間にあがってくると赤くなった炭を火鉢に入れた。鉄瓶を置いた五徳の下に、その炭火を整えてゆく。

「いろんなところに行くってことですか……」

直吉はお房の顔をまじまじと見る。

「気晴らしです。とくにあてがあるわけではないんですよ。それで、なにか話があるんでしょう」

お房がまっすぐ見てくる。あわい行灯に染められたお房の白いうなじが妙に色っぽい。

「縮めていってしまえば……わたしといっしょになってもらいたいんです」

直吉は緊張のあまり、言葉を切ってつばを呑んでからいった。

お房は視線を落として、小さく嘆息した。膝に置いた手を揉むようにこする。

「それはこの前もいったはずです。できないと……」

お房は顔をあげて、ごめんなさいとでもいうような顔で小さく微笑む。直吉の心がかすかに傷つき、痛みを覚える。それでも心を奮《ふる》い立たせて、お房を見る。

「聞いてください。わたしはお房さんに会ったときから……いや、会ってしばらくしてのことですが、この人はわたしといっしょになる人だと心に決めました。もちろん、わたしの勝手な思いだというのはわかっています。でも、わたしと一生連れ添ってくれる人は、お房さんの他にはいないんです。わたしは勤めを辞めて、いまはなにもしておりません。それが不安なのですか？」

「そういうことではありません」

「だったらわたしが頼りないからでしょうか。お房さんから見れば、わたしがこの先どんなことをして生きていくんだろう。どんな生計《たつき》を立てるのだろう。そんなふうに思われるのはしかたないと思います。たしかにわたしは、いまにちゃんとするとか、人に負けない商人になってみせるなどといってきました。そのじつ、口先だけで将来の目途はなにも立っていない。そんなわたしのことも、お房さんは利口だからわかっていると思うんです。こんな人といっしょになるのは、心配だと思われているのかもしれない」

「そんなことは思っていません」

お房はまっすぐ直吉の目を見て、きっぱりという。

「だったらわたしが嫌いなのですか?」

「いいえ」

直吉は火鉢をまわり込むように、膝をすってお房に近づいた。

「わたしはもう二十五です。これから勤め先を探すのは大変です。そのことはよくわかっています。職人にもなれない。だけど、おとっつぁんが残してくれた店がありま す。店は小さくなって、おっかさんがなんとか守っていますが、わたしはその店をおとっつぁんがやっていたような立派な店に立て直そうと決めました。このことはおっかさんも呑んでくれています。わたしはその店を、お房さんと二人で力を合わせて大きくしたいんです。きっとお房さんとだったらできる。わたしはそう信じてるし、自信もあります。なにもいわずに、黙ってうんといってくれませんか」

あきらかに求婚であった。

お房は黙り込んだまま、言葉を選んでいるようだった。

鉄瓶の口から湯気が立ち昇っている。

「直吉さん、できることなら、はいと返事をしたいのです。でも、いまはとてもできない。いっしょになれば、迷惑をかけることになります」

「いまできなきゃ、この先にできることもあるということですか？」

直吉は必死の目でお房をのぞき込むように見る。

「……わかりません」

お房は苦しそうに首を振った。

「いったいなぜなんです？　誰か他に慕っている人でもいるんですか？　生き別れたというご亭主に未練があるからですか？　なぜなんです？　わたしはまっすぐな気持ちを、正直にぶつけているんです。どうか答えてください」

「……直吉さんにはほんとにお世話になりました。これまでの心配りにも、また若松屋でご奉公できるようになったのも、なにもかも直吉さんのお陰です。そんな人を嫌いになったりするようなわたしではありません。でも、できないことはできないのです。直吉さん、ほんとうに申しわけありませんが、わたしのことはあきらめてください。それが直吉さんのためなのです」

直吉はがっくり肩を落としてうなだれた。泣きたくなった。鉄瓶の口から湯気が激しく立ちはじめている。

「いっておきますが、他に慕っている人もいなければ、生き別れた亭主にも未練などありません。できることなら……できることなら……」

お房は悔しそうに唇を嚙み、目の縁を赤くした。

直吉はゆっくり顔をあげて、そんなお房を見た。

「このまえわたしに、いっしょになればわたしを殺すことになるかもしれないと、お房さんはいいましたね。あれはどういうことです？　本気でいったんじゃないとは思いますが、どうしてあんな恐ろしいことをいったんですか？」

「そのことは申しわけありませんでした。でも……」

「なんです？」

「いいえ……やっぱり、これだけは……」

お房は首を振って、膝をすると、直吉の手を取った。

「お願いです。もうこれ以上、聞かないで……。ほんとうはいってしまいたいことがあるんですけど、聞かないで……」

お房は涙声になって首をたれた。

「どうしたんです。なにを苦しんでいるんです。わたしにできることなら、なんでもしますよ。ほんとに死んだ気になってしまいますから……」

「堪忍です。堪忍してください」

お房はついに肩をふるわせて泣きはじめた。直吉はその肩をやさしく抱いて、

「わたしはあきらめませんから」

と、自分とお房にいい聞かせるようにつぶやき、今日はこれ以上のことはいわずにおこう、お房が心を開いてくれるのを待とうと思った。

六

神田川の畔《ほとり》に繁茂するすすきが、あかるい日射しを受けて輝いていた。風もないので土手道の柳は干《ひ》からびたようにたれていた。

伝次郎は佐久間河岸に舟をつけたまま客待ちをしていた。本所《ほんじょ》から乗せた客をおろしたばかりだ。煙管を吹かしながら、和泉《いずみ》橋をわたる人々をそれとなく眺める。

浪人らしき男を見るたびに、菅笠の陰になっている伝次郎の目が光る。

津久間戒蔵ではないかと思うのだ。だが、これだという男はいなかった。このま

まずっと見つけられないのかもしれないと思うときもあるが、あきらめてしまってはこれまでやってきたことがまったくの無駄になる。

心を鬼にしてでも、妻子の無念を晴らさなければならない。いつしかその思いが、伝次郎の生きるよすがになっているのかもしれなかった。

「乗せてもらうよ」

そんな声が頭の上でしたと思ったら、編笠《あみがさ》を被った武士がさっさと舟に乗り込んできた。伝次郎は慌てて煙管の灰を落として仕舞い、艫の舟梁《ふなばり》から腰をあげた。

「どちらまで……」

武士はゆっくり振り返って、深編笠の先をちょいと持ちあげて、目に笑みを浮かべた。とたんに、伝次郎は目をみはった。

「栗田様……」

「久しぶりだな。達者そうでなによりだ」

「どうしてわたしのことが……」

栗田理一郎――。南町奉行所臨時廻《りんじまわ》り同心。伝次郎の大先輩であるし、見習い時代にも世話になっていたし、津久間に斬られて非業《ひごう》の死を遂げた妻・佳江との仲を取り持った人でもあった。

「それとなくおぬしのことは聞いていた。酒井彦九郎《さかいひこくろう》や松田久蔵《まつだきゅうぞう》からな。だが、他言はしておらぬぞ。それからあやつらを責めるな」

酒井と松田も、伝次郎の先輩同心であった。その二人が咎《とが》めを受けるのを避けるために、伝次郎が詰め腹を切った恰好になっているので、酒井も松田も、伝次郎に恩義を感じ、またひそかに津久間戒蔵探しに手を貸してくれてもいる。もっとも伝次郎は、彼らに恩を売ったなどという気持ちは、毛ほどもなかった。

「どこへやります」

「まあ、慌てるな。久しぶりにおぬしの顔を見たのだ。なるほど、すっかり船頭になりきっておる」

理一郎は目尻に嬉しそうなしわをよせて伝次郎を眺める。小鬢が真っ白になっていた。

「これへ……」

そばに座るようにいわれたので、伝次郎は棹を置いて、理一郎と向かいあうように腰をおろした。

「栗田様もお変わりなさそうで嬉しゅうございます」

伝次郎は武士言葉になって、栗田を見た。久しぶりの再会なので、やはり嬉しさは隠せない。

「おぬしのことはまことに残念であった。止められるものならなんとかしたかったのではあるが……」

「そのことはもうすんだことですので……」

「だが、佳江殿と慎之介のことは、なんとも無念でならぬ」

「妻子だけではありません。小者《こもの》の才助《さいすけ》も殺されていますし、中間の仲造《ちゅうぞう》もそうです」

「そうであったな。おぬしは人一倍、他人への思いやりが強い男だからな。いまだ、津久間戒蔵を探しているそうな……」

「探してもおりますが、その手立てがありませんので、やつが現れるのをこうやって待っているんでございます」

「待っている……」

理一郎は怪訝そうに眉をひそめた。

「探そうにもその手掛かりがありません。しかしながら、やつはわたしへの恨みを忘れてはいないと思います」

「やつはおぬしの妻子を斬っているのだぞ」

「それだけで憂さを晴らしたと思うような男ではないはずです」

津久間戒蔵は老若男女、身分を問わず、辻斬りを繰り返し、金品を奪い取り、江戸市民を震撼させた凶悪犯だった。

「いまでもおぬしの命を狙っていると、そう考えているのだな」

「そのはずです」

「もし、そうでなければいかがする？」

伝次郎にとって一番痛いところだった。津久間が自分のことをあきらめていれば、いやもうすっかり昔のことだと忘れていれば、まったくの取り越し苦労なのだ。だが、伝次郎は理一郎にいった。

「津久間が品川に現れたという話があります。また、八丁堀でわたしのことを探る謎の女が見られています。おそらくその女は津久間の使いだったのではないかと……」

「いかさま、な。つまり、おぬしは執念で仇を討とうとしておるわけだ」

「いかにも」

「伝次郎、舟を出してくれぬか。積もる話がありすぎてなにから話せばよいかわからぬ」

「どこへやります？」

「深川にやってくれるか。仙台堀に入ったあたりでよい」

「はい」

伝次郎は棹を取ると、岸辺を押して舟を川中に入れた。舟はすいっとなめらかに動き、穏やかな川の流れに乗った。ゆっくりでよいと理一郎がいうので、伝次郎はそうした。

神田川は当初、治水の目的で開削《かいさく》された堀川であるが、江戸城北側の地域への大事な舟運の経路にもなっている。場所によって多少の差違はあるが、川幅はおおむね八間から九間だ。左岸には河岸地が造られ、右岸は柳《やなぎ》原《わら》土手がつづく。その土手と河原には銀色に輝くすすきが目立ち、また葦も繁茂している。

藪の中に枝から枝へ移る鳥の姿があり、さえずりや甲高《かんだか》い鳴き声がしたかと思うと、羽音を立てて飛び立っていくものもいる。

土手と河原の藪が途切れると、大小の船宿が軒を並べ、桟橋には無数の小舟が停泊している。屋根船や屋形船を持つ船宿もあり、柳橋のあたりはそれらの舟で川幅が狭くなる。

大川に出た。水量が増し、波が穏やかにうねっている。

棹をさばく伝次郎は、周囲の景色を眺めている理一郎の背中を見て、

(年を召されたな)

と思った。

理一郎にはひとかたならぬ導きを受けていた。まだ、右も左もわからぬ見習い同心のころであるが、町奉行所とはこうである、同心とはこうでなければならぬなどと、その教えは厳しいながらも懇切丁寧であった。

温厚で信望厚く、頼り甲斐があり、ときによき相談者でもあった。若気《わかげ》のいたりで、朋輩らといたずらをやらかしたり、粗相《そそう》もしたが、その折々に戒めてくれたのも理一郎であった。

吟味方での下役が長かった伝次郎だったが、折あるごとに、

「おぬしの腕を内役《うちやく》（事務方）で腐らせるのはもったいない」

といってくれたのも理一郎で、外役《そとやく》（町廻り）へ推挙してくれてもいた。

伝次郎は吟味方の仕事に不平などはなかった。日々たんたんとこなさなければならない事務処理仕事を、放り投げたくなるときもあったが、道場で汗を流せばそのような鬱憤もすぐに晴れた。

そんな伝次郎が、同心の花形である三廻《さんまわ》り（定町廻り・臨時廻り・隠密《おんみつ》廻り）のひとつ、定町廻りに抜擢《ばってき》されたのは、三十半ばであった。これは異例のことであったし、その隠れた能力を見いだしたのは、南町奉行・筒井和泉守政憲《つついいずみのかみまさのり》だった。

通常、三廻りは、年季を積み才知に長けた四十過ぎの同心が起用される。よって三十半ばで起用されたのは、大抜擢だといってもおかしくはなかった。

ところが、その役目も長くはつづかなかった。

正味三年――。

すべては津久間戒蔵の悪事に起因するものではあるが、捕縛時の不運もあった。

それは、津久間を追いつめた屋敷が、大目付・松浦伊勢守《まつうらいせのかみ》の下屋敷だったからだ。

旗本屋敷で騒ぎを起こすこと自体問題であるが、松浦伊勢守は幕閣内でもうるさ型の人間だったので、その不始末の責任を取らなければならなかった。

南町奉行・筒井和泉守も厳しい叱責《しっせき》を受けたが、すべての責任を被って町奉行所を辞したのが伝次郎だった。

「わしももう隠居なのだ」

新大橋をくぐった先で、唐突に、理一郎がいった。

「は……」

伝次郎は理一郎が引退したのだと思った。それとも、羽織は着ているが、普段着だから非番なのだろうか……。

「伝次郎、手を貸してくれぬか」

理一郎が振り返った。深編笠の陰に隠れた目が、川の照り返しを受けて光っていた。

「最後のお役目になるであろうが、それを仕上げたいのだ」

「どのようなことで……」

「毒婦探しだ」

「毒婦……」

七

伝次郎は理一郎の話を聞くために、仙台堀に入ってすぐの河岸場に舟をつけ、河岸道にあがり、今川町の茶店の床几《しょうぎ》に並んで座った。

「倅は本勤めになったし、わしはもう五十五で、いつ役目を去ってもいい身分であるのだがな……」

理一郎は茶を含んで、遠くを見る。深編笠を脱いだその髪は、ほとんど白かった。顔のしわも年輪を刻んだように深い。

「公一郎《こういちろう》はもう本勤めですか……」

理一郎の長男のことは、伝次郎も少なからず知っていた。本勤めとは、見習い期間を終えてようやく一人前の町奉行所同心として認められ、本格的に役目につくことである。

「もう三年も前のことだ。おぬしも覚えておるかもしれぬが……」

理一郎はいきおい本題に入るようなことをいって、もう一度茶を飲んでつづけた。

「宇田川町《うだがわちょう》で兄弟の御家人《ごけにん》殺しがあった。下手人は安岡仙太郎《やすおかせんたろう》という浪人の妻・忍《しの》だ。夫の仙太郎は忍の凶行を知って自害したが、忍はその後行方知れずだ」

伝次郎はぼんやりだが、思いだした。

殺されたのは村山喜兵衛《むらやまきへえ》と芳兵衛《よしべえ》という御家人兄弟だった。それも毒殺だった。伝次郎は別の役目で動いていて、詳細までは知らないが、

「恐ろしい女がいるものだ」

という噂が御番所内に広がったのを記憶している。

「忍の行方がまったくわからないので、ひょっとすると自害した亭主のあとを追ったのではないか、と考えられていた。結局、永尋《ながたず》ねのまま放っておかれていた」

永尋ねとは、逃走犯あるいは嫌疑者を、六ヵ月の期間内に捕縛できないときに処置されるもので、形式的な無期限探索である。実際は迷宮入りに等しく、探索義務を免除される。

「ところが、先ごろ忍に似た女を深川で見たという通報があった。受けたのは当時、その一件を与《あずか》っていたわしだ」

伝次郎はしみの散らばるしわ深い理一郎の横顔を見た。

「隠居願いを出そうとしていた矢先だったが、わしも勤めの最後に、ささやかでもよいので花を持とうと思ってな」

「それでその毒婦と呼ばれる忍を捕縛したいと……」

「いかにもさようだ」

伝次郎は遠くの町屋を眺めた。町屋のはるか上で鳶が舞っていた。

「……なぜ、村山兄弟は殺されるようなことになったのです？」

「兄弟は御家人とはいえ、食うに食えぬ浪人身分だった。日頃の行状も、近所の評判もよくなかった。殺されて当然だとか、これで安心できると、あからさまにいう町のものもいるぐらいだった。その兄弟の隣家に住んでいたのが、安岡仙太郎と妻の忍だ」

「揉め事でも起こしていたのですか」

「安岡仙太郎夫婦はいやがらせを受けていたらしいが、表だって文句をいったり、事を荒立てたりはしていなかったようだ。ところが、妻の忍が村山兄弟に毒を入れた食い物を持っていって殺したのだ」

「なぜ、忍の仕業だと……」

「死んでいる兄弟が見つかる前に、忍が兄弟の家を訪ね、また出てきたところを見たものがいる」

「…………」

「騒ぎはすぐに大きくなったが、そのころにはすでに忍は行方をくらましていた。自害した亭主の死体を残してな」

「その忍がこの深川に……」

「単に似ていただけかもしれぬが、探ってみなければならぬ。これがその人相書きだ」

理一郎は懐から一枚の人相書きを取り出して、伝次郎にわたした。

性別と年齢、人相特徴が書かれているだけだ。

「今日は非番なのだが、どうにもじっとしておることができなくて、ひとりで見廻りをしていたのだ。偶然おぬしを見かけてな。思わず声をかけてしまい、またこのような頼み事をすることになるとは思わなかったが……」

「いえ、それはお気になさらずに」

「迷惑であれば聞き流してくれてもよいぞ。無理強いはできぬ」

「いいえ、これもなにかの縁でしょう。役に立てるかどうかわかりませんが、承知いたしました」

「そういってもらえると、心強い。いや、今日はおぬしに会えてよかった」

理一郎はやんわりと頬をゆるめた。

第五章　告白

一

「もう、日が暮れるか……」

津久間戒蔵は木々の枝葉からこぼれる夕日の条を見て、誰にいうともなく独りごちた。

すぐそばの座敷で繕《つくろ》い物をしていたお道が、

「えっ……」

と、動かしていた針を止めて、縁側に座っている津久間を見た。

「なにかいいましたか……」

「月日の流れが早いと思ったのだ」

庭先の藪《やぶ》に咲く山茶花が、傾いた日の光に翳っていた。岩場の根本には黄色い石蕗《つわぶき》の花も咲いているが、それも衰えた日のせいかなんとなく儚《はかな》げである。

「ほんと一日はあっという間です」

お道が糸を噛み切って、繕い終えた野良着《のらぎ》をたたみはじめた。

津久間は遠くの空を眺めた。生まれ育った故郷の空と同じだと思う。江戸郊外もそうだが、参勤《さんきん》の折に眺めた田舎の風景も、故郷と変わらないと思った。

(どこへ行っても同じなのだ)

津久間はそう思いながら、変わったのは自分だけだと、下唇を噛んだ。

(なぜ、こんな人間になりはてたのだ)

昔はちがったはずだ。津久間の瞼の裏に、幼いころの情景が浮かんだ。それはまだほんの小さいころの自分だった。おそらく五つか六つのころだろう。

河原で遊んでいる自分が脳裏に浮かびあがる。夕日を照り返す川に、石を投げて遊んでいた。土手道には数人の友達がいて、棒切れを振りまわしてはしゃぎ声をあげていた。

津久間はそんな友達を振りあおぐように見てから、土手を駆けのぼり、仲間に加わった。

「日が暮れる日が暮れる。鴉がカァと鳴く。カァと鳴く」

誰かがそんなことを歌うようにいえば、他のものたちもあわせるように声を張りあげた。

「鴉がカァ、鴉がカァ！」

「カァ、カァ、カァ……」

なにがおかしいのかわからないが、みんな楽しそうに「アハハハ」と笑った。

すると、ほんとうに暮れなずんだ空を鴉が鳴きながら飛んで行くのが見えた。

「あ、鴉だ！」

誰かが気づいていう。

「鴉だ鴉だ！」

みんな鴉を追うように駆けはじめた。「鴉、待て」などと叫んでいる。

鴉は暗い山から飛び立ち、一方の山のほうに向かっていた。土手道のそばには水の張られた稲田があり、夕日に赤く染まっていた。

みんな、「鴉、鴉」といって、手にした棒を振りまわしながら追いかけていた。

「旦那……」

お道の声で、津久間は現実に立ち返った。

「冷えてきました。雨戸を閉めてくださいな。体にさわりますよ」

津久間はそうだなと応じたが、そのまま動かなかった。

「どこでおかしくなったのだ……」

「は？」

顔を振り向けるお道を無視して、津久間は自分の掌を見た。大きく広げて結ぶ。

「どうしたんです？」

「こんなはずではなかったんだ」

お道が不思議そうにまばたきをする。

「おれは、まともだった。他の者らとなんら変わることがなかった。どこでタガが外れたのか……」

そう自問する津久間だが、わかっていた。

不覚にも惚れた女郎に袖にされたからではなかった。それは、些細なきっかけだったかもしれないが、ほんとうは鬱屈《うっくつ》した不満のぶつけどころを探していたのだ。いくら尽くしても見返りのない役目。出世など望めない下士《かし》。お上《かみ》に奉公することの馬鹿らしさ。見下す上士《じょうし》の目。堪え忍びながら生きなければならない境遇。唐津藩小笠原家に勤める武士だといっても、報われることはなかったし、それを望んではいけなかった。

家柄だけが重んじられる武士社会がいやになったのだ。

だから、人を斬った。

ひとり斬れば、あとはみな同じだった。ほんとうは殺されたかったのだ。斬られたかったのだ。だが、そうはならなかった。

だから、生きているのだ。体を患《わずら》いながらも……。

「旦那、いつまでそこにいるんです。早くこっちにいらっしゃいな。夕餉の支度をしますから……」

お道の再度の声で、津久間はようやく腰をあげた。

いつしか表には闇がおりていた。

それからしばらくのち、津久間とお道は、あわい行灯をつけた居間で向かい合って夕餉の膳についた。

「旦那、咳が少なくなった気がしませんか……」

お道がたくあんをポリポリいわせながら見てくる。

「そうだな」

いっときより、咳が軽くなっていた。

「それに、少し太られたような気がします」

「おれもそんな気がする」

「きっと治ってきているんですよ」

そうならばよいがと思いつつ、津久間は南瓜《かぼちゃ》の煮しめを口に入れた。やわらかい歯応え。甘い味。

「薬が効いてるのですね」

「おまえの世話がよいからかもしれぬ。それにここは風がよい」

「……きっと治りますよ」

津久間は黙って飯を口に入れた。静かに咀嚼《そしゃく》する。

「治ったらどうします?」

津久間は箸を止めて、お道を見た。それから自分の眉間の傷を指先でなでて、ふっと口辺に笑みをたたえた。

(治ったら……沢村伝次郎を斬る)

と、心中でつぶやく。斬られるかもしれないがと、思いもする。もう一度、津久間は眉間の傷を指先でさわった。伝次郎に斬られた傷だ。

「その傷が気になるんですね」

「いや。……治ったときのことを考えるより、治すのが先だ」

「そうですね」

「明日はまた少し歩こう」

「それがいいですわ」

そういうお道を、津久間は静かに眺めた。

(こやつ、すっかり女房気取りだ)

二

「おっかさん、このとおりです。今度こそはちゃんとやります。嘘もなにも申しません。ちゃんとおっかさんを安心させてあげますから、わたしを信じてください」

直吉は必死になって頭を下げた。

おときは醒《さ》めた顔で小さなため息をついた。

「直吉、おまえさん、そうやって何度わたしに頭を下げたと思ってんだい。一度や二度じゃないだろう。忘れたころにふらりと帰って来ちゃ、同じことの繰り返しじゃないか」

「…………」

直吉には返す言葉がない。

「また同じじゃないかねえ。それにこの前の十両はどうなったんだい？　取り立て屋がどうの、身に覚えのない借金がどうのといっていただろう……」

「あれは無事にすみました。わたしの印判を悪用して勝手に金を借りたものがいたんです。その男を突き止めて、ちゃんと片をつけました」

おときは驚いたように目をみはった。

「……片をつけたって、あんたがその悪人を見つけて金の始末をしたというのかい」

「はい」

「あらら、またおまえも見かけによらないことを……」

「もっともわたしひとりではできなかったはずですけど、伝次郎さんという船頭さんが手伝ってくれたんです」

「船頭って……あの人がかい」

「知ってるのかい？」

直吉はにわかに驚いた。

「知ってるもなにも、この前は急須を買ってもらったし、おまえの知り合いだともいっていたし、それになんだか知らないけど、おまえのことをずいぶん持ちあげていたよ。あれは頼りなさそうに見えるけど、なかなか芯の強い男だとかなんとかってね」

「そんなことを伝次郎さんが……」

「てっきり、おまえがそういうように仕向けたんじゃないかと思っていたんだけど、ちがうのかい……」

直吉は強くかぶりを振った。

「そんな卑怯《ひきょう》なことはしないよ。でも、ほんとうに伝次郎さんがそんなことを……」

おときは曖昧《あいまい》にうなずいて、茶に口をつける。

「取り立て屋の一件が片ついたのはよいとしても、わたしと約束したことはまだ果たしていないのはわかっているんだろうね」

「そりゃもう……」

直吉は口ごもる。今夜はなんとしてでもおときを説得しなければならない。直吉は切羽《せっぱ》詰まった思いだし、他に手立てはないと考えた末に頭を下げに来ているのだった。

「なんだい？」

「おっかさん、考えておくれ。わたしはもう二十五だ。これから奉公に出るといっても、いい口を見つけるのはむずかしいことなんだよ」

「そんなふうになったのは、おまえのせいなんだよ」

「それは……よくわかっている。だからといって、伊達《だて》にほうぼうで勤めをしてきたんじゃないんだ」

急におときの目が険しくなった。湯呑みを火鉢の猫板《ねこいた》に置いて、まっすぐ見てくる。

「あんた、どうして瀬戸物屋をいやがったんだい？　瀬戸物屋はわたしには合わないなんていって、他の店に奉公に行ったんじゃないか。あのときのことはわたしゃ生涯忘れないよ。おとっつぁんが苦労して大きくした店を、馬鹿にしたようにいって……」

「おっかさん、待ってください。それにはわけがあるんです」

直吉はおときを遮《さえぎ》った。このことは腹をくっていわなければならないと思っていた。

「わたしはおとっつぁんの店を嫌ったんじゃありません。よそで奉公してみたかっただけなんです。そのことは、おとっつぁんも納得していたんです」

「おとっつぁんが……あの人がかい……」

「はい、そのことを相談したとき、それも勉強だろう、そうしたければ、そうしていいといってもらったんです」

「それだったら、なぜ瀬戸物屋を嫌うようなことをいったんだい」

「まだ若かったから、うまくいえなかったんです。だけど、性に合わないといっただけだし、馬鹿になどしてはいませんよ」

「同じことさ」

おときはへそを曲げたようにぷいとそっぽを向いたが、すぐに顔を戻す。直吉は畏《かしこ》まったように座りなおして、姿勢を正した。いよいよいわなければならないと、一度息を吸って吐いた。

「正直にいいます。わたしは耐えられそうになかったんです。もし、あのままおとっつぁんの手伝いをしながら家にいたら、きっと自分がだめになると思ったんです」

「どうしてそんなことを思う必要がある。おまえの家じゃないか」

「いいえ……いってしまいますけど、おっかさん怒らないでくださいよ」

「さっさといいな」

「おっかさんの小言《こごと》が応《こた》えていたんです。なにかあると、すぐに小言をいって叱られる。もちろん、わたしがいけないからというのはわかっていたけれど、もうわかったからやめてくれと思ったことが何度あったことか。おとっつぁんとも口喧嘩が絶えなかったし、あのままだと気が狂いそうになると思ったんです」

おときは目と口を開いたまま、まばたきもしなかった。

「だから、しばらく家を離れたかったんです。おとっつぁんにはそのことを正直に話して、わかってもらって……おっかさん、堪忍してください。だからといっておっかさんが嫌いだったわけじゃないんだ。いまでもおっかさんはわたしのおっかさんだし、大事な人だし、おとっつぁんの代わりにちゃんと面倒見なきゃならない。まだまだ到らないことの多いわたしだけど、ちゃんと店を継ぎたいんです」

「それじゃ、おとっつぁんが死んだときに、なぜそういわなかった」

おときは頬を紅潮させていた。直吉は警戒する。これ以上、おときの頭に血を上らせてはいけないと思う。

「あのときは迷いに迷ったんだけど、勤めていた舞鶴屋さんがすぐにやめさせてくれそうになかったし、しばらくはおっかさんにまかせてもいいと思ったんです」

「あきれたね」

おときは大きく肩を動かして嘆息した。

「おっかさん、そういうことなんだ。わたしは真剣になってはたらきます。もう、おっかさんに苦労をかけたくないし、安心させてあげたいんです。お願いです。わかってください。これまでも何度も同じような頼み事をしてきましたが、もう二度としません。今度はおっかさんに、わたしが借りを返す番だと腹をくってるんです」

直吉は感情の高ぶりを抑えきれずに、目に涙を溜めた。おときの顔が涙の膜で曇って見える。

おときは沈黙した――。

部屋の中にいつにない静寂が漂い、直吉は自分の胸の鼓動が耳に届いてくるような錯覚を覚えた。こぼれそうになる涙を手ぬぐいでぬぐう。火鉢の炭が小さく爆《は》ぜた。

「あんた、いっしょになりたい女がいるといったね」

直吉はおときを見た。その顔はいつになく穏やかだった。

「はい」

「お房さんというんだったね」

「……はい」

「一度連れてきな」

直吉は急に態度を軟化させたおときを信じられないように見て、目をしばたたいた。

「もうあんたには騙されっぱなしだけど、これが最後だと思って騙されてやるよ」

おときはそういうと、もう直吉と視線を合わせようとせずに、急須の茶を入れ替えはじめた。

「いいかい、腹をくって商売をやるんだよ」

直吉は、はっとおときを見た。ようやく許してくれたのだ。そう思うと、胸の内が急に熱くなり、今度こそ堰《せき》を切ったように涙があふれた。

「おっかさん、ありがとう。ありがとうございます」

直吉は深々と頭を下げて礼をいった。

三

ぎぃ、ぎぃ……。

櫓の軋む音は一定の調子を保っていた。当然、さばく伝次郎の腕も一定の調子で動いている。

櫓の軋む音は耳に心地よかった。しかし、その音も天気によって変わる。日照りの強い日は、舟板や櫓は水気《みずけ》をなくしてよく乾いているので、ぎっし、ぎっしとかすかに甲高くなるし、梅雨時の湿ったときには、ぎぃーぃ、ぎぃーぃと軋み音が長くなる。

いずれも伝次郎は嫌いではなかったが、これから寒くなる季節の、ぎぃ、ぎぃと短く軋む音が殊《こと》の外《ほか》好きだった。

芝翫河岸から乗せた客を、浅草駒形《あさくさこまがた》まで送っているところだった。客は無口で、煙草を喫《の》んだりして背を向けたままだ。大きな風呂敷包みをそばに置いている。ひと目で行商人だとわかる身なりで、羽織っている煤竹色《すすたけいろ》の羽織がよく似合っていた。

無駄口をたたかず、無用に話しかけてこない客は楽である。伝次郎は黙って仕事に没頭できるし、他のことも考えられる。

ゆっくり舟を遡《さかのぼ》らせながら、見慣れた周囲の景色を眺めては、体を動かす。櫓は腕の力だけで動かすのではない。腰も使えば、足の力もいる。腕だけで櫓を動かせば、疲れるだけである。全身の筋肉を使うからこそ、櫓は楽にさばけるし、流れにも負けない。

「伝次郎、足を濡らしちゃまだまだだな」

ふと、嘉兵衛の教えが思いだされる。

「船頭は客の収まる板子《いたご》を濡らしちゃならねえのはあたりめえだが、てめえの穿《は》いている足袋《たび》も、立っている板子も濡らしちゃならねえ。だから、棹は舟から離して大きくまわすんだ。かといって無駄にまわすんじゃねえぜ。てめえの体から離れねえように、ぎりぎり近づけてまわす」

必要最小限の動きで、舟を操るのだと嘉兵衛は教えてくれた。そうしなければ、一日もたないし、毎日仕事もできないという。

たしかにそうだった。最初に教わったときは、半日もたたずに音《ね》をあげそうになった。教えを聞いて、それを守れるようになると、大川を何往復してもさほど疲れなくなった。

舟を漕いでいると、そんなことを思いだしもする。

御米蔵《おこめぐら》の入り堀を過ぎ、御厩河岸《おんまやがし》ノ渡しを横目に見ているうちに駒形が近づいてきた。客は駒形堂に近いところにつけてくれという。

伝次郎は客の要望どおりに、駒形堂の正面の桟橋に猪牙をつけた。

「お気をつけて……」

舟が揺れないように舟縁《ふなべり》を押さえて、客を降ろした。

帰りは下りだから川中に舟を進めて、流れにまかせておけばいい。ときどき棹を使って方向を修正するだけだ。

仇である津久間戒蔵のことは常に頭の隅にあるが、いまは毒婦と呼ばれる忍のことを考えていた。昨日久しぶりに再会した栗田理一郎の頼みを聞かないわけにはいかない。

思わぬ手先仕事になったが、なんとか力になりたかった。毒婦の件は永尋ねになっているが、津久間戒蔵の一件も永尋ねである。

伝次郎が知っているだけでも、永尋ねになり、そのまま放置されている事件の数は十本の指では足りない。町方の同心は、そんな事件より目先の真新しい事件に躍起になるので、そのうち忘れ去られ、永尋ねは不問に付されるのが常だ。

「……勤めの最後に、ささやかでもよいので花を持とうと思ってな」

昨日会った理一郎は、そんなことをいって照れ笑いを浮かべた。

伝次郎は舟梁に座ると、しばらく舟を流れにまかせたまま、懐から人相書きを取りだして眺めた。

安岡忍、二十五歳、色白の細面、背丈は並、鼻低からず高からず、耳許と顎に目立つことのない小さな黒子《ほくろ》……。

「黒子は決め手となるが、化粧で隠すことができるからな」

理一郎は別れ際に、人相書きに付け加えるようなことをいった。

しかし、似面絵《にづらえ》もなければ、会ったこともない未知の女である。伝次郎がそうだと見きわめるためには、黒子しかない。

「毒婦か……」

伝次郎は人相書きを懐に仕舞いなおして、遠くの川下を眺めた。

その夜、千草の店でくつろいでいた伝次郎は、頃合いを見はかるのに苦労した。客が途切れたところで、例の急須を千草にわたそうと思うのだが、そういうときにかぎって客が切れない。

仕上げに穴子《あなご》の煮付けをおかずに飯を食おうと決めているのだが、さっきから酒を飲んでいるだけだ。もう四合はあけている。

肴は芝海老の天麩羅だった。からっと揚げられた天麩羅に、粗塩《あらじお》がぱらっとかけてあり、その味がなんとも酒とぴたりと合う。

塩が味を引き立てているのだろうが、カリッとした海老の歯応えと、そのあとから口中に広がる身の甘さがいいのだ。

大工の熊蔵《くまぞう》は常連客で、日頃は愚痴をこぼさないが、今夜はどうも様子がおかしい。さっきから、千草にここに座れ、おれの酌をしろとしつこい。

「あんたの女房じゃないんだから、いい加減におし。お幸《さち》、もう熊さんにお酒出すことないからね」

千草は熊蔵をにらんで、手伝いのお幸に指図する。

「伝次郎さん、せっかくだからいただいちゃいますか」

お幸が銚子の首を持ったまま見てくる。

「つけたんならしょうがない。置いておけ」

伝次郎がいうと、座っている小上がりの席にお幸が銚子を持ってきた。

「おまえもやるか……」

「なにいってんです。あたしが飲めないの知っているくせに、意地悪ぅ」

お幸は鼻の頭に小じわをよせる。その鼻はぷいっと空を向いている。

「熊さんじゃないが、今夜はおれも酔った」

「あら、そうは見えませんけど。はい……」

伝次郎はお幸の酌を受けた。

「お幸、もうそろそろ帰っていいわよ。遅くなるとおっかさんがまた心配するからね」

熊蔵から勘定をもらっている千草が振り返っていう。

「それじゃお言葉に甘えて……。伝次郎さん、ゆっくりしていってください」

「気をつけて帰るんだ」

お幸が帰っていくと、しばらくしてうだうだいっていた熊蔵もやっと店を出ていった。それを見送った千草が、

「やれやれ」

といって、伝次郎のそばに座った。

「熊さん、ずいぶん荒れていたな。話は聞こえていたが、あの男も女房の尻に敷かれているとはな。そんなふうには見えないが、人はわからねえもんだ」

「どうせ痴話喧嘩ですよ。明日になれば、けろっとした顔をしてまた飲みに来るに決まっているわ」

「やるか……」

伝次郎は酒を勧めた。千草は「喜んで」と、酌を受け、そのまま盃をほす。首筋が行灯のあかりにほのかに染まり、色っぽく見える。

「ふう、やっと一息ついたわ」

「この前、ちょいといいものを仕入れてな」

伝次郎は持参してきた風呂敷包みを膝前に置いて、包みをほどいた。

「なに……」

千草は桐箱と伝次郎を交互に見る。

「気に入るかどうかわからないが……」

伝次郎が桐箱を押しやると、千草はそっと手をのばして、蓋を開けた。とたん、小さく口を開け、急須を手に取って眺めるやいなや、喜色《きしょく》を満面《まんめん》に浮かべた。

「これ、わたしにですか？」

「よかったら使ってくれ」

「ちょうど新しい急須をほしいと思っていたところなんですよ。それに、この急須とても趣味がよくて……」

千草はほんとうに気に入ったらしく、あかりにかざしてみたり、上にあげてみたりして満足げであった。その表情を見て、伝次郎も安堵したが、妙に照れくさくもあった。

「さあ、今夜はちょいと過ぎちまったようだ」

伝次郎は何度も礼をいう千草に、笑みを返して表に出た。すると、すぐに千草が追いかけてきた。

「待って」

そういってそばにやってきた千草は、なんのてらいもなく伝次郎の手をつかんだ。人に見られてもわからないように、袖に手を隠してである。

「伝次郎さん、ありがとう」

「礼などいらねえよ、単なる気紛れだ」

「でも、嬉しいの」

千草はつかんでいる伝次郎の手に指をからめる。伝次郎も、思わずにぎり返していた。

「思ってくださっているのね」

ささやくようにいった千草の目に、かすかな秋波《しゅうは》が浮かんでいた。伝次郎は返事に窮したが、それと察した千草は、

「なんにもいわなくてもいいの。わたしは、伝次郎さんが店に来てくれると嬉しいのですから……。気をつけてお帰りなさいまし」

といって、するっと伝次郎の手を放し、

「お休みなさい」

と、言葉を重ねた。

「ああ……」

なぜか千草をまともに見ることができず、伝次郎はくるっと背を向けて歩いた。ずっと千草の視線を感じていたが、振り返ることができなかった。千草につかまれた手を両手でさするように揉んだのは、角を曲がってからだった。

四

おときは夜具に身を横たえていたが、いつまでも眠ることができなかった。枕許のあわい行灯のあかりが、部屋の中をほのかに満たしていた。

眠れないのはその日、直吉にいわれたことが胸に応《こた》えているからだった。それは自分でもよくわかっていることだった。死んだ亭主にも直吉にも、必要以上の苦言や小言を並べ立てていた。

思っていることを、思いの丈《たけ》を吐きださないと気のすまない気性は、自分の悪い癖だというのは昔から承知していた。それでも抑えることができなかった。

些細なことで亭主とは何度も口喧嘩をした。それでも気が収まらないと、直吉につらくあたったりした。自分で八つあたりだとわかっていても堪えられなかった。もうやめなければ、これ以上いってはならないと、自分でわかっていながら歯止めがきかなくなった。

そんなことを深く反省し、後悔したのは、亭主に死なれひとり住まいをするようになってからだった。

亭主がぽっくり逝ったのも、ひょっとすると自分のせいだったのかもしれないという思いもある。もっと自分がしおらしい性分だったら、亭主はもう少し長生きできたのかもしれない。なんと、わたしは口やかましい女だったんだろう。

「それにしても、わたしも年なんだわ……」

声を漏らしてつぶやくおときは、天井を見つめる。

直吉にいわれたことが、木霊《こだま》のように頭の中で反響する。

——……耐えられそうになかったんです。もし、あのままおとっつぁんの手伝いをしながら家にいたら、きっと自分がだめになると思ったんです。

——おっかさんの小言が応えていたんです。なにかあると、すぐに小言をいって叱られる。……もうわかったからやめてくれと思ったことが何度あったことか。おとっつぁんとも口喧嘩が絶えなかったし、あのままだと気が狂いそうになると思ったんです。

そんなことを気に病んで、苦しんでいたとはつゆほども気づかなかった。

(わたしは馬鹿な母親だった)

そう思うおときは、それでも頬をゆるめた。直吉が救いの言葉をいってくれたからだった。

——おっかさんに苦労をかけたくないし、安心させてあげたいんです。

あのときの、直吉の必死な顔が思いだされる。

今度はきっと言葉どおりにやってくれるかもしれないという期待感があった。そう思うのは親馬鹿かもしれないが、もう自分の人生は長くないだろうし、そろそろ先のことを考えなければならない時期でもある。

直吉は、

——今度はおっかさんに、わたしが借りを返す番だと腹をくってるんです。

と、いってくれた。

(直吉を信じよう。わたしの倅だもの……)

おときは胸の内でつぶやいたあとで、お房とはどんな女だろうかと勝手に想像したが、それは幻のようにぼんやりしたものでしかなかった。

それゆえに会うのが楽しみになってきた。嫁をもらえば直吉ももっとしっかりした男になるだろうし、商売にも熱を入れてくれるだろう。

おやおや、直吉が嫁をもらうということは、わたしに孫ができるということではないかと、おときはふと気づいた。

「孫……」

我知らずつぶやきを漏らしたおときは、ふんわりと頬をゆるめた。

五

(おれはどうかしている。気の迷いだ)

伝次郎は気を引き締めなおした表情になって菅笠を被り、紐《ひも》を結んだ。

雪駄から足半に履き替え、舟に乗り込んで棹をつかんだその手をじっと見つめた。

昨夜、千草につかまれた手の感触がまだ残っているような気がする。指をからめられたときは、一瞬呆然として、長年忘れていた感情の高ぶりを覚えさえした。

(馬鹿な……)

伝次郎は首を振って、ふと小名木川の水面に映り込んでいる自分の顔を眺めた。にやけた顔をしていやしないかと思い、くっと口を引き結ぶ。

川政の船着場を見ると、見知った船頭らがぼちぼち舟を出しているところだった。伝次郎は桟橋を棹で突いて、舟を川中に進めた。

よく晴れた日であった。雲は空の高い位置にあり、富士がくっきり見える。今日も一日しっかりはたらかなければならないが、いつもより早く仕事を切りあげる腹づもりだった。

理一郎に頼まれた忍という毒婦を探すためである。手掛かりは心許ない人相書きしかないが、そこは町奉行所の同心をやってきた経験と勘がものをいう。大方の疑わしい者は、行動が不自然である。不審な歩き方や目の配り方をするものがいれば、町方の同心らは、

(こやつあやしいな)

と思って目をつける。そんなことから思いもよらず事件が解決することもある。

人相特徴を記してあるだけの人相書きも馬鹿にならないのだ。

一旦大川に出た伝次郎は、舟を川下に向けて、すぐに仙台堀に入った。そのままゆっくり舟を流すようにして進める。河岸道から声をかけてくるものがいれば、乗せるだけである。河岸場の船着場に猪牙をつけて、客待ちをするときもあれば、流すときもある。それは気分次第であった。

仙台堀で客を拾えなければ、そのまま舟を進め大横川に入って北へ向かい、源森《げんもり》川《がわ》を経由してまた大川に戻り、小名木川へ下るか神田川に入る。日によっては変えるが、大方似たような経路になることが多い。

その日、客は多くなかった。神田川で二人、業平橋《なりひらばし》のそばでひとり、竪川で三人を乗せると、もう昼下がりになっていた。

途中で昼飯を食ったので、時間の過ぎるのが早かった。

芝翫河岸に戻ると、舟をつないで、一旦家に戻り、着流しに替えて、再び出かけた。

忍という毒婦を探すという目的もあるが、伝次郎にはもうひとつ津久間戒蔵に出会しはしないかというあわい期待もあった。かといって、刀は帯びなかった。

楽な着流し姿に菅笠というなりだから、その辺の遊び人に見られるかもしれないが、かまうことはなかった。

忍は深川で見られている。場所は永代橋の東詰、深川佐賀町《さがちょう》である。もっともその女は忍に似ていただけで、当人だったかどうか定かではないらしい。

昨日、理一郎は深川を丹念に見まわっているはずだが、今日は伝次郎がその代わりを務めるのである。

町方時代は小者や岡っ引きを連れて、見廻りをしていたが、いまは単独行である。役目ではないので気楽といえば気楽だが、菅笠の陰に隠れた伝次郎の目は真剣そのものだった。

深川で自分のことをよく知っている町方に出会うことはめったにない。もし、これが日本橋や神田、あるいは浅草や上野《うえの》界隈だと勝手がいかない。

そういった場所は三廻りの畑（担当区域）だし、町内にある自身番には伝次郎の知っている書役《かきやく》や番人らが詰めているし、町内で親分と呼ばれる岡っ引き連中もいる。

伝次郎が深川の船頭になった理由のひとつが、大川の東だと見知ったものに会うことが少ないということだった。

もっとも本所深川を受け持ちにしている本所方（本所見廻り同心）には、自分のことを知っているものもいるが、その数は少ないし、伝次郎の過去を伏せてくれている。

そのひとりが広瀬小一郎《ひろせこいちろう》という本所方の同心だった。だが、毒婦と呼ばれる忍探索の一件は、永尋ねになっている手前、栗田理一郎は本所方に助っ人の要請はしていない。

そのことを聞かされたとき、なぜと思ったが、言葉にはしなかった。

理一郎がそれだけ執念を燃やして引退間際に、自分の手で片づけたい一件だという意を汲んだからである。

伝次郎は深川佐賀町の界隈を見廻ったあとで、深川の目抜き通りである馬場通りを流し歩いた。町方の同心は見廻りの際には、各町内にある自身番を訪ねて、町の様子を聞き、なにか変わったことがないかを訊ねる。

また自身番詰めのものたちは、自分たちで処理できない面倒事の相談もする。しかし、それは町方時代のことで、いまの伝次郎には関係ない。不審者がいないか通りを流し歩き、町の様子を眺めるのみである。

馬場通りには、近所の町人はいわずもがな、永代寺や富岡八幡に参詣に来た信心深い者たちの姿も目立つ。通りにある商家の奉公人や、職人たちもいるし、流しの棒手振《ぼてふり》も少なくない。

また、深川には岡場所もある。昼下がり時分になると、遊女とおぼしき女たちが買い物に出てくる姿も見受けられた。

人探しは根気のいる仕事である。まして相手が犯罪人であれば、身の危険を避けるために、用心深い行動を取る。半日や一日そこらで、これといった者に行きあたることはまれだ。そんなことがわかっている伝次郎には、焦りの気持ちはない。平常心でいなければ、不審者の見分けがつけづらくなるのだ。

馬場通りから三十三間堂界隈の町屋をめぐり、油堀沿いの河岸道をたどり、再び馬場通りに戻ったころには、日は大きく傾いていた。この時季は日の落ちるのが早いから、あっという間に暮れてゆく。

西日を受けていた商家の暖簾や腰高障子もすぐに翳りはじめた。軒行灯に火を入れる気の早い料理屋もあるほどだ。

「これは伝次郎さん」

思いもよらぬ声に振り返ると、直吉である。一の鳥居を過ぎた茶店の前だった。

「おまえか。こんなとこでなにしてんだ？」

伝次郎は職人言葉で応じた。

「へえ、お房さんを待っているんです」

直吉はなにやら嬉しそうな顔でいう。

「するってえとうまくいってるんだな」

「まあ、それはわかりませんけど。それより伝次郎さんには礼をいわなければなりません」

「なんだ……」

印判を悪用された一件の礼は、もう十分してもらっている。

「おっかさんの店で急須をお買いになったそうですね」

「……あのことか。たいしたことじゃねえさ」

「それからわたしのことをずいぶん褒めてくださったそうで、ありがとうございます。おかげでおっかさんの心証がよくなりまして……あ、こんなところで立ち話もなんです」

直吉はふと気づいた顔になり、自分が座っていた茶店の床几にいざなった。

「じつは昨夜おっかさんに、店を継ぐ相談をしてようやく色よい返事をもらいましてね」

「ほう、そりゃなによりだ」

「もういい年ですし、新しい勤め先を探すのもむずかしいんで、やはりおとっつぁんの跡を継ぐのが一番だと思ったんです。わたしは迷惑のかけどおしだったんで、おっかさんはずっとしぶっていましたが、昨夜正直なことを打ちあけてやっとわかってもらったという按配です」

「するとおまえは商家の主になるってわけだ。目出度《めでた》いことじゃねえか」

「いえ、これからが大事なんで気を引き締めてやらなければなりません。店もあんな人目につかない奥まったところではなくて、もっと目立つところに移そうと考えているんです。元手はかかりますが、先々のことを考えればそのほうがいいはずですから」

直吉は得意そうな顔でいって、茶を飲んだ。

「お房ってえのはおまえの女だな。来るのかい？」

「へえ、ここで落ち合うことになっているんです。もうじき店は仕舞いのはずですから……」

直吉はそういって、この先にある若松屋という店だと説明する。鼈甲櫛笄を商っているともいう。

「すっかり仲直りしたんだな」

伝次郎がそういうと、ついいままで晴れやかな顔をしていた直吉の表情が曇った。

「どうした……」

「わたしはいっしょになりたいんですけど、お房さんがなかなか首を縦に振ってくれないんです。かといってわたしのことを嫌いでないのはわかっていますし、長屋の家にも入れてくれます。お房さんの長屋の人たちも、わたしたちの仲は知っているんですけど、いざとなるとお房さんの気持ちがどうも煮え切らないようで……」

「おまえは商家の主になるんだ。お房が躊躇うのはおかしいじゃねえか」

「それが、なにかいえないわけがあるらしくて……」

「どんなわけがあるってんだ？」

「そのことになると堅く口を閉じてしまうんです」

「おかしなもんだな」

伝次郎は暮れなずむ通りを眺めて茶を飲んだ。気になるような女を、何人か見かけたが、年齢がちがったり、背恰好が小さすぎたりした。

「でも、今日という今日は、きちんと話を聞いてやるつもりなんです。なにせおっかさんの許しも出たんですからね。もしお房さんがわたしの将来を不安に思っていたとしたら、それは少しは消えることになります」

「ふむ……」

伝次郎は茶をすすって、言葉をついだ。

「まあ、よく話しあうことだな。うまくいきゃいいな」

「会っていきませんか。もうすぐ来るはずです。紹介しますから」

「迷惑になるんじゃねえか」

「いいえ、伝次郎さんには一度会ってほしいと思っていたんです。だって、伝次郎さんはわたしの命の恩人なんですから」

「大袈裟なんだよ。死ぬ気もなかったくせに」

「いえ、あのときは本気だったんです」

真顔になっていった直吉の目が、一方に注がれた。伝次郎がその視線を追うように見ると、ひとりの女が近づいてきて立ち止まった。

御高祖頭巾《おこそずきん》を被った細面で、警戒するように伝次郎を見てから、

「お知り合い？」

と、直吉を見た。直吉より年上だとは聞いていたが、なるほど落ち着きがあり、涼しげで理知的な目をしていた。

「この人が船頭の伝次郎さんです。伝次郎さん、お房さんです」

お房が腰を折って挨拶するので、伝次郎も立ちあがって辞儀を返し、

「それじゃ直吉、おれはここで失礼する」

大事な話し合いの邪魔をしては悪いと思って去りかけたが、直吉が慌てたように引きとめた。

「場所を変えてもう少し付き合ってもらえませんか」

「そんな厚かましいことはできねえよ」

伝次郎はそういって、お房を見た。少し戸惑った顔をしていた。

「お房さん、また会いましょう。それじゃ」

「はい」

お房は目をしばたたき、あらためて辞儀をした。

伝次郎は今度こそ、立ち去るつもりだったが、はたと足を止めた。たったいま見たお房の顔に引っかかりを覚えたのだ。

戸惑ったように目をしばたたいたお房の顔は、隣の店の提灯のあかりに染められていた。頭巾でわからなかったが、もしやと思った。

振り返ると直吉とお房は並んで、馬場通りを横切ろうとしていた。

「忍……安岡忍……」

伝次郎が声をかけたとたん、お房の肩がびくっと動いた。

(やはり……)

そう思った伝次郎は目を厳しくした。

六

伝次郎の呼んだ名に、敏感に反応したお房だったが、そのまま直吉と通りをわたり、堀沿いの道に歩いていった。お房は振り返らなかったが、緊張しているのが伝次郎にはわかった。

「待ってくれ」

小走りに追いかけて、声をかけると、直吉が先に振り返った。だが、伝次郎はお房を凝視していた。やはり、顎に小さな黒子がある。人相書きには、耳許にも目立つことのない黒子があるとあった。

「いっしょに食事しますか」

直吉は伝次郎の気が変わったと思ったらしく、にこにこしている。伝次郎はそれにはかまわず、お房に近づいた。お房の顔がこわばる。

「悪いが顔をよく見せてくれ」

「伝次郎さん、いったいどうしたんです」

直吉が怪訝そうにいう。お房は目をそらし、きゅっと唇を引き結んで伝次郎を見返してきた。その目には諦念の色が窺《うかが》われた。

「頭巾を……」

伝次郎はうながした。お房は息を止めたような顔で、ゆっくり頭巾を取った。居酒屋の腰高障子越しのあかりが、その顔を際立たせた。

右の耳許に小さな黒子がある。

(まさか、直吉の女が毒婦だったとは……)

「直吉、悪いがお房さんと話をさせてくれ」

「どういうことです?」

事態を理解できていない直吉は、きょときょとと伝次郎とお房を見る。

「いいえ、どうせでしたら直吉さんもいっしょにお願いします」

お房が静かに口を開いた。いわれた伝次郎は、一瞬考えたが、お房のいうとおり直吉を同席させようと思った。なにも知らずに直吉を落胆させるよりは、ここはちゃんとお房に話をさせて、納得させたほうがよい。

「わかった。そうしよう」

三人は近くにある料理屋に入った。人の耳を気にしないですむ小座敷に入って、伝次郎は直吉とお房と向かいあった。なにも注文しないわけにはいかないので、銚子を三本と適当に肴を見繕ってもらうことにした。

注文の品が運ばれてくるまで伝次郎は口を閉じていた。お房もうつむいたまま黙っていた。口を開いて疑問を口にするのは直吉だけである。

すぐに酒が届けられ、そのあとで小鉢と小皿に盛られた料理が運ばれてきた。勘定は伝次郎が持つ腹である。

「お房……いや、あんたのほんとうの名は、忍だな」

「…………」

「安岡仙太郎の女房だった。そうだな。なぜ、おれがこんなことをいうかわかるか」

お房こと安岡忍は首を振ったが、

「もしや、町方《まちかた》の方で……でも船頭さんでしたわね」

観念したのか、お房は落ち着き払った顔だ。

「そうだ、おれは船頭だ。だが、ちょいと町方に知った同心の旦那がいてな。その手先仕事を請け負っている」

口を開けて直吉が驚いた。伝次郎はお房を見つめたまま話をつづける。

「三年前、宇田川町で隣の家に住む御家人兄弟に毒を盛り、そのまま逃げていた。そのとおりだな」

えっと、直吉が声を漏らして絶句し、お房を見る。

「御番所の調べではやはりそうなっているのですね」

伝次郎は眉宇をひそめた。

「ちがうっていうのかい……」

「……わたしは殺してはいません」

「おまえを見ているものがいるんだ。ここで嘘をいっても、町方に引きわたせば通用しねえぜ」

「おそらくそうでしょう。だからわたしは隠れるようにして生きるしかなかったのです」

「おそらく、そうだと……。するってぇと、おまえさんは殺しはやっていないというのか」

「わたしではありません」

お房はすっと姿勢を正すように背を伸ばし、凜《りん》とした顔を伝次郎に向けた。

「だったら誰だっていうんだ？」

「あ、あのいったいどういうことで、なぜ、こんな話になっているんです。わたしはまるで狐につままれているようで……それにお房さんが、なぜそんな恐ろしいことに……」

伝次郎は狼狽している直吉を静かに見た。

「直吉、おまえの申し出をなぜ、お房が断りつづけているのか、おれにはわかったぜ。お房には、殺しの嫌疑がかかっている。おまえが同じ屋根の下に住み、もしお房こと安岡忍に縄がかけられるようなことになったら、毒を盛って人を殺したお尋ね者を匿《かくま》った廉《かど》で牢送りになる。その挙げ句、死罪を申しつけられるはずだ」

お房は膝許に視線を落としたまま黙っていた。

「たとえ、お房の行状《ぎょうじょう》を知らなかったとしても、やはり咎めは受けなければならねえ。お房にはそのことがわかっている。だから、おまえの口説きを受けることができなかった」

「で、でも、ほ、ほんとにお房さんが、そんなことを……」

直吉は目を見開いたまま言葉を切っていい、生つばをごくりと呑む。

伝次郎は理一郎から預かっている人相書きを懐から出して、膝前に置いた。直吉が食い入るように見る。それには毒を盛って隣家の御家人兄弟、村山喜兵衛と芳兵衛を殺した行状が書かれていて、お房の特徴が添え書きされている。

直吉は金魚のように口をぱくぱくさせて顔をあげた。

「伝次郎さん、わたしには殺しの嫌疑がかかっていますが、決してわたしではありません。でも、こうなったら御番所に引き立てられるのでしょうから、お世話になった直吉さんにも、ちゃんと話しておきます。伝次郎さん、その猶予はいただけますね」

お房の申し出に、伝次郎はゆっくりうなずいた。

「それじゃ、あの日のことを詳しく話します。信じてもらえるかどうかわかりませんが、ほんとうのことです」

お房こと安岡忍は、そう前置きして三年前のことを話しはじめた。

七

お房は、まず夫・仙太郎と江戸に住むことになった経緯を話した。

安岡仙太郎は駿州《すんしゅう》小島《おじま》藩の下士だった。役目は村内見廻りをして検地《けんち》を行う上役について、その補佐をすることだった。

刀は差しているが、日頃から検地に使う間竿《けんざお》や間縄《けんなわ》を持ち歩いていることから「竿侍」「縄侍」などという蔑まされるような綽名《あだな》がつけられていた。

しかしながら年貢《ねんぐ》徴収のための検地は大事なことで、百姓らに一目置かれる存在であったし、畏怖《いふ》されてもいた。そのことを盾に、袖の下を要求するものもいたが仙太郎は潔白な男で、一切の付け届けを断っていたばかりか、百姓らの暮らしを目のあたりにするうちに、同情するようにもなっていた。

どこの村に行っても百姓たちは、切り詰めた生活を強いられていたし、日々の食料も満足でないのが実態だった。

「なんとかならぬものか……」

忍の前で腕を組み、百姓たちのことを憂うのは日常のことになっていた。

そんなある日、藩はさらに百姓らを締めつける厳しい農政を発布した。年貢は高くなり、公役《くやく》も増えることになった。

しかしながら田畑で収穫される作物はかぎられている。百姓一揆がいつ起きてもおかしくないほど、領民たちの不満は募っていた。

そんなことを危惧《きぐ》した仙太郎は、藩が打ち出した新しい農政を取り下げる嘆願書を出し、それに水田を旱魃《かんばつ》から守る水路造りや、痩せた土地に肥沃《ひよく》な土壌を運び入れる計画案を添えた。

公役を免除すれば、計画案の工事や作業は可能であった。自分の目で見て歩いて、感じたことであるし、知己を得た辰巳功右衛門《たつみこうえもん》という、洋学の知識を持った藩校の学者の力も借りていた。

だが、これは一笑に付されるか、下士ごときが生意気なことを申しおってと、本来ならお叱りですむところであった。しかし、仙太郎の嘆願書と計画案に目を留めた中老が、

「これはなかなかの名案、一度殿に具申いたすべきだ」

と、いいはじめた。

ところが新農政を作った重役連中から反撥《はんぱつ》が出、ことが大きくなり、

「藩命にしたがわぬ逆賊がいる」

と、仙太郎が目をつけられ、命を狙われる羽目になった。

まさかそんなことになろうとは予想だにしていなかった仙太郎は、忍を伴って逐電し、江戸に逃げてきたのだった。

そうやって腰を落ち着けたのが、芝増上寺《しばぞうじょうじ》に近い宇田川町の借家だった。有り金はすぐに底を尽き、仙太郎は武士の矜持《きょうじ》など捨てて、力仕事に出た。忍も生計を支えるために、子供相手の手習い指南をはじめた。

暮らしはきつかったが、身は安泰だった。ところが、隣に村山喜兵衛と芳兵衛という兄弟の御家人がいた。御家人といっても無役で、いったいなにを生活の糧にしているのかわからなかった。おまけに人あたりが悪く、近所でもあまりいい評判を聞かない。

仙太郎と忍はあたらずさわらずの距離を保って接していたが、ある雨あがりの日に、村山兄弟が子供を折檻《せっかん》しているところに出会《でくわ》した。

子供は泣いて謝っているのに、喜兵衛も芳兵衛も許そうとしない。見かねた仙太郎が仲裁に入って、

「なにがあったのか知りませんが、もうよいではありませんか。そうやって謝っているのです。相手は子供でありましょう」

といった。

すると、喜兵衛が怒りで赤くした顔を向けてきて、

「泣いて謝れば、なんでもことがすむと思ったら大まちがいだ。子供だからといって甘い顔をしていると、つけあがっていずれはとんでもない人間になる。ここはしっかり教え込んでおかなければならぬ」

と、いって泣きべそをかいている子供の尻を蹴飛ばす。

「どうしてこんなことになったのです？　わけを教えてくださりませぬか」

「こやつが横から飛び出してきたから、おれはそこの水溜まりに足を突っ込むことになり、新調したばかりの雪駄を台無しにしたのだ。足袋もこうだ」

喜兵衛は泥水で汚れた雪駄と足袋をあげて見せた。そばには雨でできた水溜まりがあった。

「おれもそのおかげで、はねを受けて着物を汚してしまっておる」

弟の芳兵衛も自分の着物の裾を払いながらいう。

「悪気があったわけではないでしょう。ここはわたしに免じて許してもらえませんか」

仙太郎が頭を下げたので、喜兵衛と芳兵衛もばつが悪くなったらしく、その場はおとなしく引き下がってくれた。

ところが、その日を境に村山兄弟からいやがらせを受けるようになった。庭に鼠の死骸を投げ入れられたり、玄関前に犬の糞を置かれたりするようになったのだ。

注意をしても知らぬ存ぜぬという顔であるし、忍が表で行き合うと、

「わけ知り顔の亭主は元気か」とか「聖人君子を気取った亭主のどこがいいのだ」

などと嫌みをいうようになった。

陰湿ないやがらせはやんだかと思うと、また忘れたころに起きた。人の困るのを見て楽しんでいるとしか思えなかった。

朝起きると、腐った夏蜜柑《なつみかん》が玄関に散らばっていたり、井戸の釣瓶《つるべ》が消えていた

りした。隣の兄弟の仕業だというたしかな証拠がないので、堪えているしかなかったが、あるとき、酒に酔った兄弟が大声で耳を塞ぎたくなるいぎたない悪口をたれ、木戸口に小便をした。

「いやがらせにもふざけるのにもほどがある。もう我慢ならぬ」

堪忍袋の緒もここまでと、刀に手をかけた仙太郎を、忍は必死になって止めた。

「相手は酔っぱらいです。酔った人を斬ったら武士の名折れではありませんか。それに刃傷沙汰を起こせば、わたしたちのことが世間に知られ、いずれ国許に届くやもしれません。江戸には藩邸もあるのです」

「しかし……」

「あなた様が行けば無事には収まりません。わたしが明日の朝、ちゃんと筋をとおして話すことにいたしますから、今夜のところはじっと我慢なさってくださいませ」

忍の必死の説得に、仙太郎はしぶしぶ折れてくれた。

そして翌朝、忍は気持ちを強くして、できるだけ穏やかに話をするつもりで、村山兄弟の家を訪ねた。玄関で訪《おとな》いの声をかけても返事がないので、戸に手をかけて横に開き、敷居をまたいで土間に入った。

「もし、村山様。まだお休みでございましょうか……」

家の中には饐《す》えたようないやな臭いが充満していた。そっと、足を進めると、奥の座敷に兄の喜兵衛が口から泡を吹いて倒れているのが見えた。生きているのか死んでいるのかわからない。

居間のほうに目を向けると、今度は弟の芳兵衛が喉を引っかくようにして、茶箪《ちゃだん》笥《す》の前で横向きに倒れていた。その目は虚空を見つめているだけで、息をしていないのがわかった。

これは大変なことになっていると思い、奥座敷に上がり込んで喜兵衛を見たが、こちらもすでに死んでいるのがわかった。

いったいどういうことになっているのだろうかと、おろおろと家の中を見てまわった。なぜ、自分でそんなことをするのか、忍は気が動転していてわからなかった。兄弟は斬られて死んだのではなかった。口から泡を吹いているが、そばには吐瀉物《としゃぶつ》も広がっていた。

なにか悪いものを食べてあたったのかもしれない。そう推量するのみで、早くこのことを夫に知らせなければならないと思った。

慌てて家に帰ると、今度は夫の仙太郎が、腹を押さえてうずくまっている。髷がばさばさと乱れており、苦しそうにうめいているその顔には血の気がなかった。

「あなた様、あなた様、いったいどうなさったのです」

慌てて駆けよると、

「忍、逃げるのだ。よもやおまえにまで手はのびないと思うが、国許から刺客が来た。そのものに……」

と、仙太郎は苦しそうな顔をさらにゆがめた。

「しっかりしてください」

忍は夫を助け起こそうとしたが、腹のあたりがべっとり血で濡れていた。夫は突然現れた刺客に抵抗するために脇差を手にしていたが、それも自分の血で真っ赤に染まっていた。

「逃げろ。わたしはもう、いかぬ。忍、早く……」

仙太郎はそれを最期に事切れた。

「それが嘘偽りのない真実でございます」

お房は話を結んだ。

伝次郎はしばらく口が利けなくなったように黙り込んでいた。行灯がじじっと鳴り、煤が立ち昇った。

「それじゃお房さんは無実ではありませんか。なにも悪いことはしていないではありませんか」

口を開いた直吉は泣きそうな顔になっていた。

「伝次郎さん、お房さんをどうするんです。助けてください。悪いことはしていないんですよ。毒を盛ったのはお房さんじゃないんです」

「忍、いやお房と呼ばせてもらうが、なぜそのことを訴え出なかった？」

伝次郎は直吉にはかまわずにお房を見た。

「何度も考えました。しかし、そうしたからといって、御番所がわたしのいうことを信じてくれるとは思えなかったのです。それに、わたしは夫といっしょに、逐電してきた女でもあります。自訴（自首）するのが怖かったこともありますが、やはり御番所の調べに不安がありました」

伝次郎にはお房のいわんとすることがわかった。もし、自訴したとしても、調べにあたる同心らはお房を毒婦として立件するであろう。お房の仕業ではないという無実を証明するものがないかぎり、お房は殺しの罪人になるしかない。

「すると、ご亭主は自害したのではなく、国許から遣わされた刺客に殺されたということなのだな」

「それはたしかなことです。夫の髷は切り取られていました。御番所はおそらくわたしが持ち去ったと考えているのかもしれませんが……」

「なるほど」

伝次郎はそういったあとで短くうなって腕を組んだ。

「それにわたしは真の下手人に心あたりがあるのです」

「なにッ……」

伝次郎は腕組みをほどいて眉を大きく動かした。

「あのころのことを何度も思い返すうちに、かすかな心あたりを得たのです。それでひそかに調べているうちに、あの兄弟を殺したのはこの人ではないかと思う人がいます」

「そいつァ、どこの誰だ」

伝次郎は思わず膝を乗りだしていた。

第六章　毒婦

一

朝霧に包まれた日本橋川を進む。

棹をさばく伝次郎は、朝市に向かう舟や、朝市からの戻り舟に遠慮するように猪牙を操っていた。この時刻、日本橋川を埋める舟の大半は漁師舟である。二挺《ちよう》櫓や四挺櫓の押送船《おしよくりぶね》もあり、上る舟は我先にと舳先《みよし》で波を切っている。

本船町にある江戸一番の魚河岸は、この時刻が活況を呈す。なにせ日に千両は動くといわれる場所である。だが、伝次郎が向かうのは魚市場ではない。

江戸橋の手前から左に折れ、楓川《もみじがわ》に入る。とたんに静かな川になる。それでも河岸道にはちらほらと人の姿がある。目につくのが棒手振だ。魚屋、納豆売り、豆腐屋など……。

川面から昇る蒸気が霧となって、通りを生き物のように這い町屋をつつんでいたが、朝日が強くなるにつれ、薄らいでゆく。

船頭は股引に腹掛け、船頭半纏がお決まりの姿である。伝次郎も普段はそうであるが、ここ数日は着流しの裾を端折っただけだった。もっとも高く尻からげして、襷を掛けているので奇異には思われはしない。

弾正橋《だんじょうばし》を抜け、三十間堀《さんじっけんぼり》に入ったところで霧は晴れた。徒歩でもよかったのだが、いまの伝次郎には舟は馬代わりといってもいいくらいだ。それに早い。

木挽町七丁目の河岸地に舟をつないだ。菰につつんでいた刀をつかんで、そのまま河岸道にあがった。

町屋は朝日を浴びているが、空には雲も多い。雨は降りはしないだろうが、曇天模様だ。

刀を差し、菅笠を被ったまま通りを歩き、近くの一膳飯屋に入る。早出の職人や独り者をあてこんだ安っぽい飯屋だった。

伝次郎は飯台について、焼き魚と飯を注文する。魚は秋刀魚《さんま》である。みそ汁とたくあんが付いてくる。これで三十文だから安い。

客は職人や通いの奉公人が目立つ。浪人のなりをしているのは伝次郎のみだ。

飯が運ばれてくると、早速箸をつける。

秋刀魚は脂が乗っていてうまい。湯気の立つみそ汁の具は、茄子《なす》だった。

お房は村山兄弟殺しの下手人をひそかに探っていた。そして、目をつけた人間が何人かいた。

まず、伏見町にある居酒屋源六《げんろく》とその女房・おすえだった。源六とおすえには、おまきという娘がいた。そのおまきが首を吊って死んだのだが、原因は村山兄弟に手込めにされたからだった。

もう嫁に行けない体になったという、嘆きの遺書を残していたのだ。それを知った源六夫婦はひそかに村山兄弟暗殺を企んでいたという。

おまきが死んだあと、源六とおすえは村山兄弟を訴えている。しかし、そのとき兄弟は殺されたあとだった。遺書はあったが、手込めにした証拠がないばかりか、兄弟はすでに故人になっていたから泣き寝入りである。

しかし、お房はおまきが死ぬ前に、源六夫婦が兄弟を毒殺したのではないかと推量していた。

兄弟が源六の店に通っていたのは、常連客ならだれでも知っていることで、自殺したおまきはよくからかわれていたという。

話を聞いただけでも、源六とおすえが、村山兄弟に恨みを抱いていたというのは不思議ではない。かといって、源六夫婦が兄弟に毒を盛ったという証拠もない。

もうひとりは、金八《きんぱち》という金魚屋だった。些細な揉め事から金八は商売の金魚を台無しにされ、半殺しの目にあわされていた。そのせいで、三月も仕事ができなかったという。

兄弟が殺されたのは、金八が半殺しの目にあった一月後だった。

そしてもうひとり、芳兵衛といっしょになったあとで、逃げだしたおさよという女だった。何度か芳兵衛に捕まり、連れ戻されているが、そのたびに殴る蹴るのひどい乱暴をされ、再び逃げている。

それにしても伝次郎は、お房の調べに内心で舌を巻いていた。自分にかかっている嫌疑を晴らすためだとはいえ、なかなかできることではない。しかし、それだけお房は必死になっているのだ。

同時に、伝次郎は町奉行所の探索にも納得はしていた。

事件当時、お房が村山兄弟の家に行き、また蒼白な顔で出てくるのを見た近所のものがいる。それだけでお房が疑われるのはしかたないし、それまで兄弟はさんざんお房夫婦にいやがらせをしている。それも近所のものたちのよく知ることだった。

さらに、お房は自害した夫・安岡仙太郎を残して行方をくらましているのだ。町奉行所がお房に目をつけ、真の下手人だと考えるのは不思議ではない。

しかし、現実はちがった。

安岡仙太郎は小島藩の脱藩者で、しかもお上に盾突いた逆賊になっていた。藩がひそかに遣わした刺客に殺されたとは誰も知らない。仙太郎は自害したのではなく、殺害されたのだ。

町奉行所は仙太郎の髷がないのを、逃げた妻のお房が形見に持ち去ったと考えた。しかし、ほんとうは小島藩の刺客が、命令どおり仙太郎を仕留めたという証拠のために、髷を切って持ち帰っていたのだ。

些細な間の悪さが、安岡夫婦に不幸をもたらしたとしかいいようがない。かといって、伝次郎はお房の話をすっかり信じ込んでいるわけではなかった。そうは思いたくないが、お房の逃げ口上かもしれないのだ。

（それにしても……）

伝次郎はみそ汁をすすりながらお房の顔を思い浮かべた。本名は安岡忍だろうが、どうしても〝お房〟という通り名になってしまう。

それにしても、と思うのは、お房の不幸とその嫌疑を晴らそうと一肌脱いでいる自分についてのことだった。判じ物を扱ってきた町方同心の垢《あか》が抜けきっていないということもあるだろうが、自分のお人好しさ加減もある。かといって、無実のものを見捨てるわけにはいかないし、直吉への同情心も強い。

「おかみ、勘定はここに置いとくぜ」

朝餉を食べ終えた伝次郎はそう声をかけて、一膳飯屋を出た。

菅笠を被り、顎紐をきりっと結びなおすと、源助町に足を向けた。金魚屋金八に会うためである。昨日も来ているが会うことはできなかった。長屋で聞いた話では、いまは職業を変えて、艾《もぐさ》売りをやっているという。

源助町は東海道に沿う両側町で、町の中ほどに浜御殿に通じる大下水がある。現代の東新橋一丁目から二丁目あたりだ。

すでに通りに並ぶ商家は暖簾をあげて、商売をはじめているし、長屋の路地からは勤めに出る奉公人や職人の姿がある。

伝次郎は大下水を過ぎたすぐのところを右に折れた。大下水には源助橋という橋が架けられている。幅四間、わたり二間の板橋である。

金八の住む長屋はその橋のすぐそばだった。路地に入ると、赤子の泣き声や亭主を送りだすおかみ連中の声がかしましい。

伝次郎は金八の家の前で立ち止まった。戸は開けられたままだが、人の姿はない。

「おい、金八はどこだ？」

隣の家から出てきた男に聞くと、

「金八なら……井戸端にいますよ」

と、あたりを見まわしていった。

井戸端で房楊枝を使って歯を磨いている男がそうだ。まだ寝間着姿だ。

伝次郎が近づくと、警戒するような目を向けてきた。

「金八だな」

「へえ」

金八は汲んだ桶《おけ》の水をすくい、口をゆすいでから答えた。

「おれは沢村というものだが、訊ねたいことがある」

「なんでしょう?」

「三年ほど前のことだ。手間は取らせねえから、話のできるところはないか」

金八は目をきょろつかせて、伝次郎に顔を向けた。昔はやくざだったらしい。ふとした目つきにその片鱗を感じた。三十前後の年恰好で、細身のやさ男だ。

「それじゃ……」

金八はそういった途端、伝次郎を押しのけるようにして、脱兎《だつと》のごとく駆けて逃げはじめた。家から出てきた女房にぶつかり、罵声《ばせい》を浴びせかけられ、どぶ板を踏み割って表通りに向かった。

「待て」

伝次郎は声を張って追いかけた。

二

金八は表通りを突っ切り、町屋の路地に駆け込み、右へ左へと走った。ごちゃごちゃと家が密集しているし、朝の町屋には出かける人間が多い。血相変えて逃げる金八と、追う伝次郎を呆然と見送るものが何人もいた。

金八は裾をかき乱し、草履を脱ぎ捨て裸足で逃げるが、足は早くなかった。新道（日陰町通り）に出たところで、伝次郎は金八の後ろ襟をつかんで、地面に引き倒した。

「なぜ、逃げやがる？」

肩で息をしながら訊ねた。押さえ込まれた金八は、臆病そうな目で見あげてくる。

「村山兄弟の仲間ならお門違《かどちが》いですぜ。おれはなにもしちゃいませんから」

「なるほど、ぴんと来るものがあったというわけか。残念ながらおれはその兄弟とは会ったこともなければ、口を利いたこともねえ」

「へっ……」

金八は目をまるくした。

「立て」

伝次郎は近所の茶店に連れ込んで、奥の床几で金八と向かいあった。

「あれは隣に住んでいたお侍のお内儀が、毒を盛ったたって話でしょう。いまさらおれを疑われちゃかないませんぜ」

伝次郎は金八の目を凝視して視線をそらさない。

「なんで、いまごろになってそんなことを調べるんです。逃げた毒婦が捕まらないからですか?」

金八はゴクッと茶を飲んで、寝間着の襟をかき合わせる。空気が冷たくなっているので、寒いのだ。

「おまえは村山兄弟にひどい目にあっていたらしいな」

「昔のことです。それに、あの兄弟は死んでいるし、恨みもなにもありません」

「あの当時はそうではなかった」

「そりゃ大事な商売用の金魚を台無しにされて、半殺しの目にあったんですからね」

「どうしてそんな目にあった？」

「無理な因縁つけられたんで、ちょいとへそを曲げただけですよ。それなのに、ひでえ野郎たちだった。まあ、あの兄弟に痛い目にあったのはおれだけじゃありませんがね」

伝次郎はぴくりと片眉を動かした。

「他に誰がいる？」

「誰って……近所の長屋の連中や町の連中ですよ。とにかく手に負えねえごろつき侍だったんですから」

「とくに兄弟を殺したいほど恨んでいたものを知らねえか……」

この問いに、金八は視線を泳がせた。その顔を見ながら、伝次郎は下手人はこの男ではないと思っていた。もし下手人なら相当の役者だ。

「旦那は御番所の方で……」

考えていた金八が、はたと気づいた顔になって聞いてきた。

「御番所のものではないが、その手のものだ。いまいったことだが、どうだ？」

「殺したいほど恨んでいたといってもねえ。口でいっているやつァ、何人かいたけど、まさか本気で殺すような人間はいませんよ。あの兄弟は厄介者《やっかいもの》にちがいはなかったでしょうが、大方が小銭を強請《ゆす》ったり、横柄《おうへい》に怒鳴り散らしたり、ものを投げるって程度でしたから……。そりゃ身内を殺されたり、目をつぶされたり、足を折られたものがいりゃ別でしょうが、そんな目にあったものはいなかったはずです」

お房から聞いた話もそうであった。いやがらせは受けはしたが、殺すほどの怒りをお房夫婦が抱いていたわけではない。

「おまえもひどい目にあってはいるが、手をかけちゃいない」

「じょ、冗談じゃありませんぜ。おれはそんな人を殺すなんて空恐ろしいことなんかできやしませんよ。そりゃ殺してやると、いったことは何度かあるでしょうが……」

金八は鼻の前で忙しく手を振って否定した。

伝次郎は残りの茶を飲んで、遠くを見る目になって考えた。もはや金八に用はない。十中八九金八の仕業ではないだろう。

すると、伏見町の居酒屋源六夫婦か……。その夫婦は一人娘を村山兄弟に手込めにされ、娘はそれを苦にして自害している。殺したいほどの恨みを持っても不思議はない。

そんなことを考えている間、金八は村山兄弟に金魚を台無しにされたのをきっかけに、艾売りに転じたが、かえってそのことがよかったと話していた。このあたりは大名屋敷や旗本屋敷が多いが、思いの外切り艾を買ってくれる客がいるらしい。増上寺の子院《しいん》も多いので、そういった寺からの注文もあると、問わず語りに話していた。

「旦那、それにしてもおかしいじゃありませんか。あれは毒婦といわれている隣の浪人のお内儀の仕業でしょう。それをいまごろになって、なんでまた調べたりしてんです」

あれこれ思案していた伝次郎は、現実に戻って金八を見た。

「調べに遺漏《いろう》があってはならねえからだ」

「それじゃ、もっと早く町方はそのことを調べりゃよかったんじゃありませんか」

まったくである。

「御番所の調べにもいろいろあるんだ。金八、朝早くから悪かった。仕事の邪魔をしたな」

「そんなこたァ、気にしないでください。疑いが晴れりゃいいんです。こっそり疑われていちゃかないませんからね」

「このこと、あちこちでいい触らすんじゃねえぜ。もし、下手人の耳にでも入ったら逃げられちまうからな。酒手《さかて》だ。取っておけ」

伝次郎は同心時代の癖で、心付けをわたした。

三

若松屋のすぐそばにある茶店の縁台に座っていた直吉は、お房の姿が表に現れると、すっくと立ちあがった。お房はいつもそうだが、他出するときは頭巾か手ぬぐいを被っている。なぜ、そうなのか直吉にはいまになって納得がいっている。

店を出たお房は馬場通りを一の鳥居方面に向かっている。直吉は早足で追いかけて、声をかけた。お房が立ち止まって振り返る。

「お房さん、使いの途中だとは思いますが、ちょっとだけ話をさせてください」

直吉は近づいていった。

「お急ぎ……」

お房は手に風呂敷と巾着を持っている。おそらく世話を焼いている若松屋の大おかみ・おたみの使いに出ているのだろうと察しをつける。

「急ぎといわれれば急ぎです」

先にのばしたくない直吉はきっぱりと答えた。

「では、少しでしたら……」

通りで立ち話をするわけにはいかないし、茶店もはばかられた。

「この先の寺でいいですか……」

直吉はそういって先に歩きだした。一の鳥居のそばに大行院《だいぎょういん》という寺があった。

直吉はその境内に入ると、手水場そばにある石段に腰をおろした。葉をすっかり落とした銀杏の木が上にあり、地面にひびのような影を作っていた。

直吉のそばにお房も並んで座った。

「お房さんがまさか、そんな身の上だったとは思いもしませんでした」

お房の告白は正直なところ、胸に応えていた。

「ごめんなさい。どうしてもいいだすことができなかったんです。直吉さんにだけはと、何度も思い悩んではいたんですけれど……」

「それはいいんです。ただ、いろいろと考えさせられました」

お房の顔が向けられたのがわかったが、直吉は正面に目を向けたままだった。そこは躑躅《つつじ》の藪になっていた。

「お房さんはご亭主と生き別れたとおっしゃいましたが、ほんとうは死に別れていたんですね。そうでもいわなければ、わたしの心が容易《たやす》く動くと考えたからでしょう。生き別れているといっておけば、いずれまたそのご亭主といっしょになるかもしれないと思わせるために……」

お房は黙っていた。

「でも、わたしはそんなことは気にしていなかった。お房さんはもうご亭主とはいっしょにならないと、そんな気がずっとしていましたから……」

いやいや、自分はもっと他のことを話すはずだったのではないかと、直吉は内心でつぶやきながら、話をつづけた。それでもやはり、これまで気になっていたことが口をついて出る。

「お房さんは、表を歩くときはいつもなにか被っていました。いまもそうですが、それは町方の目を逃れるためだった。なんの罪も犯していないけれど、そうせずにはいられなかった。そして、真の下手人を探すためにときどき家をあけていたんですね」

お房は認めるように小さく顎を引いてうなずいた。

「伝次郎さんとわたしにほんとうのことを話されたとき、わたしは頭がこんがらがって、いったいどうすればよいのだろうか、わたしのお房さんへの気持ちはどうなるのだろうかと、そんなことに悩みました」

「申しわけありません」

「いいえ、それはちっとも気にしていないからいいんです。でも、悩んだ末に決めたことがあります」

「…………」

直吉はお房と目を合わせた。日が雲に隠れたのか、あたりが少し暗くなった。

「お房さんは御武家に嫁いでいた人です。わたしのような町人といっしょになるような人ではありません」

お房は長い睫毛を動かしてまばたきをした。

「わたしも元御武家の妻だった人を、嫁にもらう気持ちはありません。おこがましくてそんなことはできるはずもありません」

お房は無表情に直吉を見つめた。

「でも、それはわたしがお房さんに会う前のことです。いまはちがいます」

「………………」

「わたしはお房さんといっしょになりたい。それが正直な気持ちです。嘘偽りのない気持ちです」

「………………」

「ひとつ聞かせてください」

「……はい」

「もし、ほんとうの下手人が捕まったときのことです。そのとき、お房さんはどうされます。どうしたいと思っていますか？」

直吉はじっとお房を見つめた。また日が出てきてあたりが明るくなり、お房の目がきらきらと日射しをはじき返した。

お房は返答に窮した顔をした。そのことを慮《おもんぱか》って直吉は言葉を変えた。

「では、もしこのまま真の下手人が見つからなかったらどうされます？」

「それは……困ります」

お房は唇を嚙んだ。

「では伝次郎さんが、真の下手人を見つけてくれたらどうします？」

「わたしは夫と逐電してきた女です。そのことを直吉さんわかってください」

「心得ています。では、わたしがいいます」

「はい」

直吉は一拍間を置いて、呼吸を整えた。

「真の下手人を伝次郎さんが見つけてくだすったら、やはりわたしといっしょになってほしい。お房さんはお国に帰ることのできない人です。わたしといっしょに店を手伝ってもらいたい。そして店を大きくしてください。つまり、わたしの家に嫁に来てもらいたいということです。わたしは考えた末にそう決めました。大切な人を失った悲しみは消えないかもしれませんが、わたしはお房さんの胸の内にある悲しみを、分かちあって生きたいんです。そうできればよいと思っています」

「……直吉さん」

お房の唇が小さくふるえた。目の縁が赤くなり、目に膜が張った。

「わたしも男です。お房さんといっしょにしっかり生きたい」

「直吉さん、ありがとう。ありがとう存じます」

お房は躊躇いもせず、直吉の手を取って頭を下げた。その手に、ぽとりと、お房の涙が落ちた。直吉も胸が熱くなった。

「受けてくださるのですね」

「思いどおりにゆけば、わたしは直吉さんについてゆきたいと思います。でも……」

「でも……」

「やはり、下手人が見つからなかったら……」

直吉は、はっとなった。そのことがあるのだ。

てっきり、真の下手人は捕まると思い込んでの求婚だったが、最悪な結果は考えていなかった。

四

艾《もぐさ》売りを生業《なりわい》にしている元金魚屋金八と別れた伝次郎は、村山喜兵衛と芳兵衛の兄弟が住んでいた家の大家を探し、芳兵衛の女房についてわかっていることを教えてもらった。

大家は三年前のことだから、記録が残っているかどうかわからないがと重い腰をあげて調べてくれたが、店請証文《たなうけしようもん》はちゃんと残っていた。

証文には借りる側の身元の詳細が書かれている。兄弟はすでに故人ではあるが、その身元保証人となる請人はわかった。伝次郎は芳兵衛の元女房・おさよのこともわかるのではないかと期待していたが、それは記載がなかった。

しかし、請人をあたれば、おさよのこともおそらくわかるはずである。こういったことは、お房に調べられることではない。

村山兄弟の請人は、坂本長右衛門《さかもとちようえもん》という御家人であった。住まいは麻布谷町《あざぶたにまち》にあった。小さな一軒家で、老女と二人暮らしだ。徒士衆《かち》を勤めての隠居暮らしである。

「知っておるが、何故にそのようなことをお訊ねになる？」

坂本長右衛門は痩せた銀髪の老爺だが、矍鑠《かくしやく》としていて、血色のよい赤ら顔であった。

「じつは村山兄弟を毒殺したのは、手配をされている女ではないかもしれないのです。いや、わたしは町方の手先ゆえ、そのあたりの詳しい事情はわからないのですが、ここは一度村山兄弟のことを調べなおさなければならないということになっておりまして、足を運んでまいった次第です」

この程度のことはいっても差し支えなかった。また、すべてが明らかになるまでは、伝次郎が単独の探索をしたことは、栗田理一郎の耳にも入らないはずである。

「そなたは町方の手先であったか。なるほど、すると浪人で苦労をされておるというわけだ」

長右衛門はあらためて伝次郎の身なりを品定めするように眺めてから、

「あの兄弟には手を焼かされた」

と、ため息まじりにいった。

「坂本様にも面倒をかけていたのでございましょうか」

「まあ、いろいろあるが、死んだものの悪口はいわぬほうがよいだろう。それでいったいなにをお訊ねになりたい」

「弟の芳兵衛にはおさよという妻女があったはずです。その行方を知りたいのですが、もしや坂本様にお心あたりがあるのではないかと思いまして……」

「おさよのことか……あれは水茶屋ではたらいていた女だった。芳兵衛が祝言《しゅうげん》を挙げたいといってきたとき、わしは渋い顔をしたが、案の定だった。ひと目おさよを見たときに、これは芳兵衛には合わぬ女だと思った。芳兵衛は我《が》の強い男だ。おさよにも似たところがあった。長つづきはしないと思ったが、半年もせずにおさよは逃げだしてしまった」

「その後のことはご存じありませんか？」

「何度か芳兵衛が連れ戻したらしいが、よくはわからぬ。だが、あの手の女はまた水茶屋あたりではたらいているのが相場というものだ。まだ、三十路にはなっていないはずだからな」

「すると、芳兵衛と暮らす前にはたらいていた水茶屋あたりに行けばわかりますでしょうか？」

「それはどうかわからぬが、行って訊ねてみるしかないのではないか。わしにはわからぬことだ。だが芳兵衛が知り合ったのは、回向院《えこういん》前の店だったはずだ」

「回向院の前……」

行けばあたりはつけられるはずだ。

伝次郎は長右衛門に礼をいって、坂本家を出た。そのまま溜池台《ためいけだい》を通り、江戸見《えどみ》坂《ざか》を下った。このあたりは武家地ばかりである。同心時代に見廻りをしたのは、おもに町人地であるが、土地鑑《とちかん》はある。

歩きながら、お房の証言どおりに調べをして、果たして成果があるかどうか疑問が浮かぶ。真の下手人はまったく別のところにいるのかもしれない。それでも、お房の言葉を無視することはできない。

愛宕《あたご》下の通りを抜けて伏見町に入った。居酒屋源六の店は、まだ開店はしていないだろうが、家人はいるはずだ。

伏見町は大名屋敷に囲まれた町人地にある。北側はお堀で、東に幸《さいわい》橋《ばし》御門、西に行けば虎ノ御門がある。場所柄、武家の客が多いので、他の町屋とちがいどの店も幾分格調高く見える。

源六の居酒屋は脇道にあったが、やはり戸口の障子は真新しく、庇《ひさし》横にある薪束もきちんと積まれている。

出入口の戸が半分開いていたので、声をかけながら敷居をまたぐと、姉さん被りに前垂れをした女が、奥の暗がりから出てきた。

「拙者は沢村と申すものだが、主夫婦は在宅か……」

伝次郎は女の肩越しに奥に目を向け、すばやく店内を観察した。

「わたしは女房のおすえですけど……」

おすえは四十がらみの女のはずだが、薄暗がりでしわが目立たないためか、若く見えた。

「亭主はいるか？」

聞くと同時に、源六が奥の勝手口から「わたしですが」といって姿をあらわした。すっかり髪が後退している男だった。

「じつは三年前のことで聞きたいことがあるのだ。おまえたちの娘は自害したそうだが、そのとき遺書を残していたそうだな」

源六とおすえは顔を見合わせて、解《げ》せない顔でうなずいた。

「御番所の方で……」

源六が窺うように見てくる。

「町方の手先だ。助《すけ》仕事をしているのだ」

事実そうである。栗田理一郎から頼まれたこととは、ちがうことをやってはいるが。

「自害したのはおまきという娘だった。そうだな」

「そうでございます。どうぞおかけください」

源六は小上がりの縁に座るように勧めてから、おすえに茶を淹れるように命じた。

「娘が命を絶ったのは、村山喜兵衛と芳兵衛という兄弟に悪さをされてのことだったのだな」

「あの……」

源六が遠慮がちな目を向けてくる。

「なんだ」

「そのことでしたら、娘が死んですぐに御番所の旦那方に話していることですが、またお調べがあるのでしょうか」

(そうであったか)

伝次郎は内心でつぶやいたあとで、うまく言葉をついだ。

「それはおぬしらが、兄弟に恨みを持っていたという疑いがあったからであろう」

「……まあ、そうだったと思います。ですが、てまえどもにあの兄弟を殺すことなどできることではありません。兄弟が毒を盛って殺された晩は、てまえどもはこの店で遅くまで仕事をしていたんでございますから」

「ふむ、そうであったようだな……」

この辺の詳しいことはお房も調べていなかったようだ。

「娘が死んだのは……」

「あの兄弟が殺されたあとです」

「そうであったな」

娘が死んだあとで、兄弟が殺されていれば、源六夫婦への疑いは強くなるが、そうではない。しかしながら、娘が手込めにされていたのを知っていたならばどうだ、という疑問は自ずとわいてくる。

おすえが茶を運んできて、湯呑みをそばに置いた。

「娘が悪さをされたと知ったのはいつのことだ？」

伝次郎は源六夫婦の目の動き、顔色の変化に注意した。

「それは死んだあとのことです。遺書にそうあったので、悔やんでも悔やみきれないことでした。恨みたい相手はとうに殺されていたのですから……」

「殺されてあたりまえの男たちでしたから、わたしどもが手をかけるまでもなく天の罰が下ったんですよ」

唾棄《だき》するようにいうのは、おすえだった。おすえはつづける。

「あの二人は来てほしくない客でした。まったく疫病神《やくびょうがみ》みたいな兄弟で。大事な客に喧嘩を吹っかけたり、因縁をつけたりで、あの二人が来ると店の様子ががらりと変わりましたし、いい迷惑でした。娘にちょっかい出すたんびにわたしは冷や冷やしたり、頭に血を上らせたりで……」

「あの兄弟が来ると、娘を店から下げるようにしたんですが、それが気に入らなかったようです。娘はどうした？　おれたちが来ると、このごろはすぐに下がってしまうではないかなどといっては、酌をさせたいからおまきを呼んでこいなどと申します。断ると、血相変えて怒鳴り散らしましたし……ほんとうにもう、あのころは大変でした」

村山兄弟の悪口がしばらくつづいた。それだけで、村山喜兵衛と芳兵衛がどれだけ周囲に迷惑をかけ、煙たがられていたかがわかった。

「それにしても、なぜいまごろになってあの件を……毒を盛ってあの兄弟を殺したのは、隣に住んでいた御武家のお内儀だったのではありませんか……」

源六はそういって、同意を求めるようにおすえを見る。

「そうです。まだ、その人は捕まらないんですか？」

「まだだ。だが、そのお内儀の仕業《しわざ》ではなかったかもしれぬのだ」

「えっ……」

おすえは目をみはって驚いた。

「な、なぜです？　だったら、村山兄弟殺しはその人じゃなかったということですか？」

源六は狼狽《ろうばい》気味の体だ。

「いや、それもはっきりはしない。だからこうやって、あらためて調べをすることになったのだ」

源六は一度おすえと顔を見合わせてから、

「どうしていまごろになって……」

と、悔しそうに膝に置いた拳をにぎりしめた。おすえもなにやら物思いに沈む顔でうつむく。そんな二人を眺める伝次郎は、もうこの二人への疑いはないと結論づけた。

村山兄弟が殺された晩、二人はこの店で仕事をしていたのだ。それを証明する人間は何人もいるだろうし、そのことは栗田理一郎もよくよく調べているはずだ。

(無駄足だったか……)

伝次郎はそう思うしかなかった。

五

芝翫河岸に戻ったときは、もう日が傾きはじめていた。川風は冷たくなっており、空には冬間近を知らせる、爪で引っ掻いたような雲が浮かんでいた。

村山芳兵衛の元女房だったおさよを探さなければならないが、伝次郎は猪牙を河岸場につないでから徒歩で回向院前の水茶屋に行くことにした。

水茶屋の閉まる刻限には間に合うはずだ。

日が落ちるにつれ人の影が長くなるのを見るともなしに見ながら、伝次郎は足を急がせた。歩きながら、お房から聞いた話を胸の内で反芻《はんすう》し、他に下手人らしき人物がいないかと考えるが、いかんせん村山兄弟が関わってきた人間関係がよくわからない。

昨日今日とそれとなく探りを入れているが、村山兄弟の評判はどこへ行っても悪い。大悪党ではないようだが、町の嫌われ者だったことはたしかだ。ひそかに暗殺を企てていたものがいてもおかしくはない。

また、お房の話がほんとうであれば、村山兄弟を毒殺した人間は必ずいることになる。その手掛かりは、いまのところまったくない。

ふと、栗田理一郎の顔を思い浮かべるが、被疑者はお房こと安岡忍一辺倒である。他に村山兄弟毒殺犯がいるとは考えていないようだ。しかし、そのことをいまの段階で伝えると、ややこしいことになる。

伝えるのは調べられるかぎりのことをやったあとだと、伝次郎は決めていた。

東両国《ひがしりようごく》は夕暮れにもかかわらず、にぎやかだった。大道芸人はその日最後の稼ぎとばかり、行き交う人々の注目を集めようと必死だし、あやしげな見世物小屋《みせものごや》の呼び込みも声を張りあげている。

回向院の前までそんな雑踏がつづいており、水茶屋はその広小路に数軒あった。伝次郎は片端から声をかけて行き、三軒目でようやくおさよの手掛かりをつかんだ。

「あの女だったら、この前ふらりと遊びに来ましたよ」

というのは蓮《はす》っ葉《ぱ》な女将だった。やたら白粉《おしろい》を塗りたくってしわや年を誤魔化《ごまか》そうとしているようだが、かえってそのことが老いを強く印象づける。

「いま、どこにいるかわかるか？」

「あんな女に会ってなにすんです。まさか、自分の女にしようなんて考えてんじゃないでしょうね」

女将はそういったあとで、人を見下すようにへらへらと笑い、長煙管を煙草盆に打ちつけた。

「話があるだけだ。どこへ行けば会える？」

「さあ、どこ行きゃいいだろうか……。男のことはわかっているから、そっちに行ったらどうだろう」

「男っていうのは……」

「塩塚《しおつか》の平蔵《へいぞう》ってごろつきさ。もうべったりくっついてるって噂だよ。猿屋町《さるやちょう》にいる遊び人だよ。ろくでもない女はろくでもない男とくっついちまうんだね。後脚で砂をかけるようにしてうちをやめていったってぇのに、恥ずかしげもなく冷やかしに来るんだからね。面の皮が厚いったらありゃしない」

「浅草の猿屋町だな」

「そうだよ。塩塚の平蔵の名を出して聞きゃすぐわかるってことだよ」

伝次郎は大橋をわたり、また両国西広小路の雑踏を抜け、柳橋《やなぎばし》から猿屋町に向かった。すでに空は暗くなっており、西の空に日の名残があるだけだった。

猿屋町についたころには、料理屋にかけられた軒行灯のあかりが浮きあがるように目立っていた。

水茶屋の女将にいわれたように、町のものに塩塚の平蔵のことを訊ねると、すぐに住まいがわかった。鳥越川《とりごえがわ》に架かる稲荷橋《いなりばし》のすぐそばにある長屋だった。平屋ではなく二階屋だった。すでに夜の帳《とばり》はおりているが、家のなかにあかりはない。

通りかかった長屋のものに訊ねると、

「二、三日家をあけるっていってましたが……」

という。

「いつ帰ってくるかわかるか？」

「お仲間ですか？」

居職《いじょく》の職人らしき男は、胡散《うさん》臭そうに伝次郎を見た。そうではないというと、その顔から緊張感が抜けた。

「二、三日といっていましたから、今夜か明日ってことになりますが、あの人たちのことですから、どうなるかわかりませんよ」

伝次郎はどうしようか考えたが、今日のところは帰ることにした。待って徒労になるなら、明日出なおしたほうがましである。

そう思って去りかけたが、ふと思うことがあって、職人を振り返った。井戸端のほうに向かっていたが、声をかけると、

「まだ、なにか？」

と問い返してきた。

「平蔵はなにを生計にしているんだ？」

「なにって、さあなんでしょう？　長屋のものはみんなそのことを不思議がっていますが、まともなことはやっちゃいないと思いますよ。大方博奕《ばくち》ではないかと思うんですが、博奕で暮らしが立っていたとしても長くはつづかないはずですからねえ」

職人はまわりを気にするように見て、急に声をひそめて教えてくれた。

「悪いが少し話を聞かせてくれ」

職人は暇なのか、気軽に応じて、自分の家に入れてくれた。居職の指物師で、名を吉兵衛《きちべえ》といった。三十半ばに見えるが、いまだにやもめ暮らしのようだ。

「おさよさんも、これがなにをしているのかわからないんですよ。日がなぶらぶらしているようだし、平蔵さんが留守になると芝居を見に行ったり、呉服屋や小間物屋を冷やかしたりしているようです」

「いつごろからいっしょに住んでるんだ？」

吉兵衛は一度天井に目を向けて、考える顔をした。

「三年ぐらい前からですかね。おさよさんがあとからやってきたんですが……」

「三年前……」

「へえ」

「二人のことに詳しいものはいないか」

「お侍の旦那、いったいなにを調べてるんです？」

「ちょっとしたことだ。おれは町方の助仕事をしているだけで、あやしいものではない」

「すると、あやしいのは、平蔵さんとおさよさん」

言葉を切っていった吉兵衛は汚い歯茎を見せて、にかっと笑った。まるで、いたずら好きの小僧みたいだった。

「あやしいかどうかわからぬが、二人のことをよく知っているものはいるはずだ」

「だったら彦兵衛《ひこべえ》って人がいます。いつも平蔵さんに金魚の糞よろしくついてまわっている男です。日が暮れると、甚内橋《じんないばし》のたもとの『狸公《たぬこう》』という居酒屋に入り浸っていますから、平蔵さんといっしょじゃなきゃいるはずです」

「狸公だな」

「へえ、さようで……」

狸公は縄暖簾のかかった小さな店だった。土間に飯台が並べてあり、空き樽を床几代わりにして飲み食いするようになっている。

店の奥に行って亭主に耳打ちするように、彦兵衛のことを訊ねると、

「あれにいる人がそうです」

と、目顔《めがお》で教えてくれた。

店の片隅に、浅葱の法被《はっぴ》に梵天帯《ぼんてんおび》をしめた、まるで中間のようななりをした男が、ちびちびと酒を飲んでいた。それと気づいたらしく、蝦蟇《がま》のように眠たげな目を向けてきた。

「なんでえ」

いがらっぽい声で、彦兵衛が伝次郎をにらんだ。

六

「邪魔をするぜ」

伝次郎は目つきの悪い彦兵衛にはかまわず隣に座った。

「なにか用かい」

彦兵衛はいまにも闘争心を剝きだしにしそうな形相だ。腕も足も丸太のように太く、胸板も厚かった。

「おまえさん、平蔵の子分らしいな」

「それがどうした。いったいてめえはなんだ」

「おい、おれは喧嘩を売りに来たんじゃない。穏やかに話そうじゃねえか」

伝次郎は彦兵衛に酌をしてやった。それはおれの酒だというから、銚子を二本注文する。店は五分の入りだが、それぞれの話し声や笑い声があるので、二人の会話が他人に聞かれる恐れはない。

「おれは沢村という浪人だが、平蔵さんに会いたいんだ」

「兄貴に……なんの用で……」

「商売の話があるんだ」

適当な嘘だったが、乗ってくるはずだった。

「どんなことだ？」

「そりゃあ、会ってからでねえと話せねえ。家にいなかったが、どこに行ってるんだ」

「千住《せんじゅ》だ。いまごろ花札で遊んでるころだとは思うが、明日には帰ってくるだろう」

「おさよもいっしょか？」

「そうさ。それでいってェどんな話だ。おれにも教えろ」

彦兵衛は盃をほしていう。前歯が三本欠けている。

「それはあとの話だ。おさよって女はなかなか色っぽい女らしいな」

「おりゃあ、なにもしゃべられねえぜ」

彦兵衛はそういって黙って酒に口をつける。

伝次郎はこれでどうだと、一分を差しだした。彦兵衛の目つきが変わり、片頬ににやりとした笑みが浮かんだ。

「もう一枚だ」

伝次郎は乞われるままわたしてやった。

「いい女だよ。気は強いがな。兄貴が見初めててめえのものにしたんだ」

「ほう……」

伝次郎は運ばれてきた銚子を手酌して、彦兵衛にもついでやる。どんどん飲めというと、遠慮なくといって気を許した顔つきになった。御《ぎょ》しやすい男だ。

「おさよは人妻だったはずだ」

「おや、よく知ってるな。そうさ、悪い亭主から逃げてきたんだよ。それで兄貴が匿《かくま》ってやったんだが、一度か二度連れ戻されたことがあった。それでもおさよさんは戻ってきた。よっぽど兄貴に惚れたんだね」

「ごたつかなかったのか？」

「そりゃあごたついたさ。おさよさんには亭主がいたんだから、ごたつかねえわけがねえ。だが、そこはうまくやったってことだ」

伝次郎は目を光らせた。

「うまくやったって……どんなふうに……」

「詳しいことは知らねえけど、うまく話をつけたんだろう。あのころはよく二人で相談しあっていたからな。おれは教えてもらわなかったけどよ」

聞き捨てならない話である。おさよが平蔵とつるんで、村山兄弟を殺したのかもしれない。こうなると、おさよには迂闊《うかつ》には近づかないほうがいいかもしれない。

「おまえはおさよの前の亭主を知っているのか?」

「いや、話に聞いただけだ。とんだ乱暴者らしいってな。兄貴も手を焼くと、ぼやいていたぐらいだから半端じゃなかったんだろう」

「その亭主は死んだんだよな」

「ヘッ……」

彦兵衛は知らなかったのか、まるくした目をしばたたいた。

「おれはそう聞いているが」

伝次郎は白を切る。

「なんで死んだんだ?」

「さあ、その辺はおれもよくわからねえことだ」

伝次郎はその後も、おさよと平蔵について探りを入れたが、とくに気にかかるようなことは聞けなかった。

ただし、おさよと平蔵が、村山芳兵衛と手を切るために相談事をしていたということと、村山兄弟が死んだことを彦兵衛が知らなかったのは刮目《かつもく》すべきことだった。

千住に博奕を打ちに行っていた塩塚の平蔵とおさよが戻ってきたのは、翌日の昼前だった。伝次郎はへたに近づかず、しばらく様子を見るために見張りをすることにした。

平蔵は浪人崩れの与太者で、取り立て仕事をおもな生業にしながら、御蔵前の札差「高麗屋《こうらいや》」の用心棒もやっているのがわかった。

おさよはとくに仕事はしておらず、すっかり平蔵の女房役を務めているようだった。同じ長屋の指物師・吉兵衛がいったように、暇にあかせて外出をしては、紅屋や小間物問屋を冷やかし歩き、夕暮れには買い物をして長屋に戻っていた。

伝次郎が見張りをつづけて三日目のことだった。その日の昼下がりに平蔵は、子分にしている彦兵衛を自由にすると、夕刻におさよを伴って柳橋の小料理屋に入った。小体な店で、小上がりは衝立《ついたて》で間仕切りがしてあった。

店に遅れて入った伝次郎は、なに食わぬ顔で隣の席につき、適当に酒と肴を注文して、平蔵とおさよの会話に聞き耳を立てた。

平蔵は洒落者で、渋い小紋を着流し、無地の献上帯を締めている。大小を差しているので、傍目《はため》にはどこかの旗本風情が普段着で遊んでいるように見える。

おさよは険のある目をしているが、ほどよい肉置《ししお》きのある、男好きのする女だった。町を歩くときも、それとなく流し目を送って若い男をからかったりしている。二人の会話は他愛もない世間話だった。一方的に話すのはおさよで、それに平蔵が相槌を打つという按配だった。

隣で盗み聞きをしている伝次郎は、まったく無駄に終わるかもしれないという覚悟もしていた。船頭仕事を放りだして、こういうことをするのは、無実だというお房を救いたいという気持ちもあるのだが、ひとえに、世話になった栗田理一郎への恩返しが大きい。

「沢村って野郎だ」

そういった平蔵の言葉が、伝次郎の表情を引き締めた。

「おれたちが千住に行っているときに訪ねてきた男がいる」

「彦さんから聞いたわ。わたしたちのことを聞いていったって……」

「気色悪いじゃねえか。いったい誰だと思う？」

「そんなことわたしに聞かれたって、わかるわけないじゃない」

「おまえの元情夫《いろ》じゃねえだろうな」

「そりゃないわよ。きっと平蔵さんの知り合いで、平蔵さんが忘れているだけなのよ」

「そんなことがあるか。おれには沢村なんて知り合いはいないんだ」

「だったら取り立て相手かもよ」

しばらく平蔵は考えているふうだった。小さくそうかもしれぬと声をこぼしたあとで、すぐに言葉をついだ。

「まさか、源六とおれたちのことを知っているやつか……」

伝次郎はぴくっとこめかみの皮膚を動かした。

源六とは居酒屋源六のことなのか！

「まさか、あれを知っているのは誰もいやしないわよ。それより、そろそろ集金に行かなきゃならないわ」

「そうだったな。明日にでも行ってみるか。博奕で負けが込んでしまい、懐も淋しくなってきていることだし、そうするか」

「平蔵さんが面倒だったら、わたしひとりで行ってきてもいいわよ。もう、向こうも心得ていることだし、まかせてくださいな」

「そうはいかねえさ。おれが行かなきゃ、源六はきっとしぶるに決まってる」

「そうはさせないわよ」

「いやいや、ありゃあ油断のならねえ男だ。おれも行くさ」

そんなやり取りのあとは、いきなり中村座《なかむらざ》の芝居の話になった。これは一方的におさよが話すことで、平蔵は終始聞き役にまわっていた。

伝次郎は先に勘定をして店を出た。もっと源六のことを聞きたかったが、平蔵もおさよも、さっきのこと以上の話はしなかった。話の筋から、源六とは居酒屋源六にまちがいないはずだ。

(いったいあの二人と、源六にはどんな関わりがあるのだ……)

推量できることはいくつかあるが、明確な答えは出なかった。

風の冷たさが身にしみる夜気にあたりながら、伝次郎は考えつづけた。だが、ひとつだけ結論は出ていた。

(明日は居酒屋源六の店を見張る)

七

「ごふぉ、ごふぉっ……」

鍬《くわ》をふるうのをやめて、津久間戒蔵は地面に両手をついて休んだ。そのまま咳がおさまるのを待ち、大きく深呼吸をして、地面を掻くように拳をにぎった。

はあはあと大きく息をして、ゆっくり顔をあげる。朝日が木漏れ日となっている。周囲には鳥たちのさえずりがあった。

片手で額の汗をぬぐい、立ちあがって、また短く咳をした。

足許には小さな土盛りがあった。鍬を使って平らにならし、枯れ葉や枯れ枝でおおった。

(これでいいだろう)

津久間は死体を埋めたあたりに視線をめぐらせた。誰もいない。誰にも見られていないし、気づかれる心配はなさそうだ。

江戸に帰ってくる旅人は持ち金が少なかった。だが、これから旅に出るものはちがう。懐にはたっぷり路銀が入っていた。そのことに気づいたのは少し前のことで、朝早くに〝仕事〟をすませることにした。

旅人を襲うのは楽だった。津久間が道端で、苦しそうなふりをしてうずくまっていると、

「もし、いかがされました？　具合が悪いんでございますか？」

と、旅人は人のよいものが多い。

「悪いがその先で少し休みたい。肩を貸してくれ」

津久間がいうと、旅人は疑いもせずに脇道に連れて行ってくれる。相手はすっかり油断しているから、あとは造作《ぞうさ》なかった。

だが、そのあとの始末が一苦労だった。同じところに死体を埋めるわけにもいかないから、その都度場所を変えなければならない。だが、前もってその場所を決めておけば、あとは死体を引きずって行くだけでいい。

(それにしてもどういうことだ)

旅人を襲うたびに、自分の命が短くなる気がするのだ。

津久間は奪い取った財布の金を勘定して、自分の財布に移しかえながら思う。人

の命をいただけば、その分自分の命の足しになると、手前勝手なことを考えていたが、どうやらそれは逆のようだ。

(人の命をもらえば、てめえの命も縮むのか……)

そんな思いにとらわれるようになっていた。

林の小径《こみち》を抜けて、大山道に出た。来たときは朝靄につつまれていたが、いまはすっかり晴れていた。朝日を浴びた往還がやけに白っぽく見える。

家に戻りながら、何度も汗をぬぐわなければならなかった。その汗は普通ではなかった。どうも脂汗がまじっている気がする。体にはかすかな熱もあるようだ。

それに疲れやすい。一仕事したせいかもしれないが、体力の衰えを感じずにはいられない。お道は少し太ったようだ。血色もよくなったというが、それは表面だけのことで、体の内奥に巣くう病魔は徐々に我が身を蝕《むしば》んでいるような気がしてしかたがない。

(事実、そうなんだろう)

と、津久間は歩きながら昇りつづける朝日をまぶしそうに眺めた。

「あら、汗びっしょりじゃありませんか」

台所で朝餉の支度をしていたお道が、驚いたようにやってきていう。

「手ぬぐい……」

「いくら体のためとはいえ、歩きすぎたんじゃありませんか」

「そうかもしれん。今日はゆっくり休もう」

「それがよいですよ。ご飯を召しあがったらちゃんとお薬飲んで横になってくださ
い」

すっかり女房気取りのお道は、甲斐甲斐しく世話をしてくれる。

津久間は居間に腰をおろすと、ふうと大きく嘆息した。

「二、三日したら、町に出よう」

「町……」

お道が振り返る。

「人探しだ」

「沢村という人ですね」

津久間はなにも答えずに、大小を刀掛けに戻した。

体力の快復を待ってから、勝負をしようと思っていたが、考えを変えていた。日

がたてばたつほど、体が弱っていくような気がする。

「おれはもう長くはないだろう」

小さくつぶやいた津久間を、お道が振り返った。

「なにかおっしゃいましたか？」

「……なんでもない」

応じた津久間は、伝次郎に斬られた眉間の傷を指先でさわり、宙の一点を凝視した。

八

伝次郎と栗田理一郎は、芝口河岸につないだ伝次郎の舟で向かいあっていた。

「てっきり、安岡忍が見つかったと思って来たのだが、そうではないと……」

理一郎は言葉どおり期待外れの顔をした。

「栗田様に申しつけられて、わたしなりに村山兄弟のことを調べたんでございます」

伝次郎は理一郎の前では昔どおりの言葉遣いをする。お房こと安岡忍のことは、いまここでは口にできなかった。打ちあけるのは、これからの調べの結果次第である。

「それでなにかわかったというのだな」

「気になることがいくつかあります」

「申せ」

菅笠を被っている伝次郎を見る理一郎の顔に、水面の照り返しがあたっていた。

「村山兄弟は伏見町にある源六という店に入り浸っており、その店の娘・おまきに悪さをしております。それがもとで、おまきは自らの命を絶った節があります」

「そのことならとうに調べておるし、村山兄弟殺しとは関係がない」

理一郎は不機嫌そうにいって、煙草入れを出した。

「では、そのことは省きますが、村山芳兵衛の妻だったおさよという女のことはご存じでしょうね」

「むろん、知っておる。だが、あれは芳兵衛から逃げた女房だ。まさか、おさよが下手人だったというのではあるまいな。もしそうなら、とんだ見当ちがいだ。おさよに毒を盛ることは無理であった。村山兄弟が殺された朝も前の晩も、おさよは知り合いの家にいたのだ。一歩も外に出ていなかったことがわかっておる」

やはり、理一郎は調べることは調べているのだ。当然のことだろうが、やはり先輩同心はそつがないと、伝次郎は感心する。

「おそらくおさよの仕業ではなかったでしょう。もし、そうならすぐに目をつけられるのは、おさよにもわかっていたはずですからね。だが、おさよには相棒がいました。浪人崩れの平蔵という男です」

「平蔵……」

理一郎は煙管から口を離して、伝次郎を見た。

「そやつは……」

「おさよは村山芳兵衛に愛想を尽かして逃げておりますが、そのおさよを見初めたのが平蔵です。その平蔵とおさよは、村山兄弟が殺される前に、何度も密談をしていたらしいのです。どうやって、おさよと芳兵衛の縁を切ったらよいかということです。おそらく、そんな話し合いを繰り返していたはずです」

縁切りの密談だったとは、平蔵の子分・彦兵衛はいわなかったが、話のようすからすればそうであった。ただし、たしかなことではないから、伝次郎は「おそらく」という言葉を付け加えたのだった。

「つづけろ」

理一郎は煙草を吸い終えると、煙管を船縁にたたきつけた。火玉が水に落ち、ジュッと音を立てた。

「おさよは芳兵衛との縁を切りたかった。そして、平蔵はそうなることを望み、おさよを自分の女にしたかった」

「すると、平蔵が村山兄弟を殺したってことか。そうなると、安岡仙太郎の妻・忍はどうなるのだ。あの女は村山家に出入りしているのを見られているのだ」

「忍のことはひとまず置いて考えます」

理一郎は目を細め、眉間にしわを彫った。

「よかろう。最後まで話を聞こうではないか」

「村山兄弟に手込めにされたのを苦にした源六の娘・おまきは、自らの命を絶っていますが、それは村山兄弟が死んだあとのことです。源六とおまきの母・おすえが、兄弟を憎んだとしても、それは相手の兄弟が死んだあとです。仇討ちはできません。

しかし、おまきにはできたかもしれない」

黙って話を聞いている理一郎は、白髪まじりの眉を大きく動かした。

「ここ数日、わたしは平蔵とおさよをひそかに尾行し、昨夜は二人の話を盗み聞きしました。そのとき、二人は源六から集金をするといっています。さらに、おさよは『あれを知っているのは、誰もいやしない』といっております。つまり、おさよと平蔵は源六の弱味をにぎっているはずです。その弱味につけ込んで、金を強請《ゆす》っているのではないかと……」

「おさよが『あれ』といったのが、その弱味というわけか……。すると、その弱味は、源六の娘・おまきが真の毒婦だったと、そう申したいのだな」

「まだ、はっきりそうだとは申せませんが……」

「ふむ」

理一郎は思慮深い顔をかさついている手でなで、空から声を降らす鳶を見あげてしばらく考えた。

「よし、よかろう。それでいかがする？」

「源六の店を見張ります。平蔵とおさよが今日来ることになっています。源六夫婦とのやり取りを聞けば、なにか新しいことがわかるかもしれません」

「まったくあの一件と関係なかったら……」

「両者を問い詰めるまでです。ですが、その前に訊問するのは得策ではないでしょう」

「ふむ、相わかった。では見張ることにいたそう」

理一郎はそういったあとで、河岸道に控えていた小者《こもの》二人に、話は終わったというように顎をしゃくった。

見張場は居酒屋源六のはす向かいにある履物問屋だった。出入口の脇に床几を置いてもらい、腰高障子を薄く開けて通りを見張りつづけた。

おさよの顔は、理一郎も知っているが、平蔵の顔は知らない。自然、見張りに根を詰めるのは伝次郎となった。理一郎の小者二人は別の場所に控えて、伝次郎と理一郎の指図を待っている。

「おさよは芳兵衛の妻だったから源六を知っているのは当然だろうが、平蔵も以前より源六を知っておったのだろうか」

理一郎はのんびり茶を飲みながら疑問を口にする。

「おそらく、源六を知ったのはおさよと会ったあとでしょう。縁を切りたがっている芳兵衛が入り浸っていた店が居酒屋源六だったのですから……」

「なるほど。さもありなん」

昼を過ぎても、おさよと平蔵は姿を見せなかった。

戸口から入り込む日の光が、ゆっくり位置を変えてゆく。見張場にしている履物問屋は、朝のうちは気ぜわしかったが、昼近くになって落ち着いた。番頭は結界に入って算盤をはじいて帳簿つけをしているし、手代や奉公人の半数はそれぞれに出払ってしまった。

「こういうことをやっていると、昔を思いだすのではないか」

理一郎が話しかけてくる。

「そうですね」

伝次郎は通りに目を向けながら応じた。

おさよと平蔵の姿が見えたのは、それからすぐのことだった。

「栗田様、来ました」

伝次郎は目を光らせて、理一郎に知らせた。

九

塩塚の平蔵とおさよが源六の店に入ると、ぴしゃりと戸が閉められた。歓迎したくない顔で、二人を迎え入れたのは、源六の女房・おすえだった。

伝次郎と理一郎は見張場にしていた履物問屋を出ると、源六の店にむかった。伝次郎は客間に近い壁に耳をつけた。理一郎は櫺子《れんじ》格子のそばで、聞き耳を立てた。

話し声はしばらく聞き取れなかったが、次第に平蔵の声が高くなった。

「おい源六、そりゃあないだろう。おれたちはおまえたちのことを思って、いいたいことを胸元にたたみ込んで口を固く閉じているんだ。勝手なことをぬかすな」

「そうはおっしゃいますが、もう十分お支払いしているはずです。このあたりでどうかご勘弁願えませんでしょうか」

源六の困り果てた声がする。

「それじゃどうするってんだい。なにか考えがあるというのかい?」

これはおさよの声だ。

「どうって……毎月毎月じゃ、てまえどもの暮らしもきつうございます」

「きつかろうが、ちゃんと店はやってるじゃないのさ。それなりに繁盛もしているじゃない。わたしはちゃんと知っているんだよ」

「おさよ、そんなことはどうでもいい。おれたちゃ、もらうもんをもらうだけでいいんだ」

「あのぅ、それなんでございますが、今月をかぎりにしていただけませんか」

源六の声がかろうじて聞こえた。

ときどき、聞き耳を立てている理一郎が伝次郎を見てくる。

「今月かぎりっていうからには、それ相応の礼をするってことだな。よかろう、礼の高によっては考えようじゃないか。それでいかほど用意があるのだ」

「これまでのことを考えまして、今月二十両をおわたしします。それで終わりにしていただけるとありがたいのでございますが……」

短い沈黙――。

「おい、おれたちを見くびってるんじゃねえだろうな。誰のおかげで、商売をつづけられていると思ってんだ」

また、平蔵の声が荒くなった。

「そうよ、娘のことを黙っててやってるからこそ、あんたたちは暮らしが立ってるんじゃないのかい。たかだか二十両で引っ込んでなんかいられないね」

おさよがたたみかけるようにまくし立てた。

「ですが、これまでにお支払いした額は、百両を超えています」

「そうです。このままじゃうちはつぶれてしまいます」

おすえが泣き言をいう。

「ふざけるなッ。おい、てめえらの娘は人殺しだ。そうじゃねえか。それを黙っているからこそ、店がつづけられるんだ。百両そこそこの金でがたがたいうんじゃやねえ。いいから、とっとと金をわたしな。そうでなきゃ、これから御番所に訴えに行くぜ。それでいいなら、おれたちゃいっこうにかまわねえんだぜ。ええ、どっちが得か考えるまでもなかろう」

伝次郎はぎらりと目を光らせていた。理一郎が見てきて、力強く顎を引いた。この辺は阿吽《あうん》の呼吸である。二人は表戸にまわりこむと、いきなり戸を引き開けた。

「南町奉行所の栗田理一郎だ。おまえら、そこを動くな」

理一郎と伝次郎の突然の出現に、店の中にいた四人は凍りついた顔になった。

「村山喜兵衛と芳兵衛の兄弟殺しにこんな裏話があったとはな。源六、おすえ、おまえたちはおまきの仕業だったと知っていたのか？」

理一郎が足を進めながらいう。伝次郎はすぐそばについて警戒を解かない。平蔵は油断のならない目をしている。

「まさか、うちの娘がそんなことをするとは思いもよらないことでしたから……」

源六はがっくり肩をおとして認めた。

「まあよい。話はあとでじっくり聞かなきゃならねえ。平蔵とやらずいぶんうまい汁を吸っていたようだが、これまでだ。観念しな」

理一郎がいったとたんだった。平蔵が身をひるがえして、裏の勝手口に逃げたのだ。伝次郎はすぐに反応して、追いかけた。

裏はすぐどん突きになっており、逃げる平蔵はさっき伝次郎と理一郎が聞き耳を立てていた脇路地を使って表道に向かった。しかし、そこには理一郎の小者二人が立ち塞がったので、平蔵は慌てて刀を抜いてふりかざした。

「気をつけろ！」

伝次郎が注意を喚起したとき、平蔵が刀を振ったので、二人の小者は左右に飛びのいた。だが、そこへ大八車がやってきて、平蔵は立ち往生をした。伝次郎はその平蔵に迫った。

「神妙にするんだ」

伝次郎は諭《さと》そうとしたが、平蔵は聞かなかった。逃げられぬと観念したらしく、斬りかかってきたのだ。さっと、半身をひねってかわした伝次郎は、抜きざまの一刀で、平蔵の刀をはじき返した。

「ぬっ……」

平蔵が大きく足を開いて、右八相に構えた。

伝次郎は右手一本で刀を持ったまま間合いを詰める。下に向けていた切っ先を静かにあげて、平蔵の喉元にぴたりとあわせた。

「刀を引け」

うながしたが、平蔵はあくまでも抵抗する気だ。いきなり地を蹴ると、飛び込むように鋭い突きを送り込んできた。伝次郎は左にすり落として、すばやく返した刀の柄頭で、平蔵の後ろ首を打ちたたいた。

「うぐっ……」

そのまま前のめりに倒れた平蔵だったが、くるっと反転して刀を振りまわした。

伝次郎は少しも慌てずに、その刀をはじき返し、さっと喉元に愛刀・井上真改の切っ先を突きつけた。

瞬間、平蔵は仰向けに倒れたまま地蔵のように固まった。

「これまでだ」

そういい置いて、理一郎の小者に縄を打つように命じた。

源六夫婦と平蔵とおさよは、近くの自身番《じしんばん》に押し入れられ、理一郎の厳しい訊問を受けた。その間、伝次郎は表の床几に座って待ちつづけていた。

理一郎には頼まなければならないことがある。

夕七つ（午後四時）の鐘《かね》の音が筋雲の浮かぶ空をわたってゆき、しばらくしてから理一郎がひととおりの取り調べを終えて、伝次郎のもとにやってきた。

「世話になった。まさか、下手人が源六の娘・おまきだったとは、まったく気づかぬことであった」

理一郎は疲れた顔で、ふうと、ため息をついて床几に腰をおろした。伝次郎にも座れという。

「わしはおまきの残した遺書をそのまま信じてしまったが、あれはあとでおすえが書き直したものだった。本物の遺書には、村山兄弟に毒を盛った刺身を差し入れしたと書かれていたそうだ。だが、おすえと源六は相談をして、娘を人殺しにさせないために遺書を書き換えた。またさいわいにも、村山兄弟の隣家に住む安岡仙太郎の妻が下手人と目されて、ほっと胸をなでおろしたそうだ」

「…………」

「ところがうまくはいかなかった。村山兄弟をひそかに惨殺《ざんさつ》しようと目論んでいた平蔵が、差し入れをするおまきを見ていたのだ。家の外で見張っていた平蔵は、おまきが帰っていくと、しばらく様子を見てから村山家に忍び入った。ところが、そのとき二人の兄弟は悶え苦しんでいた。平蔵はその様子を見て、毒を盛られたのだと悟り、自分が手をかけるまでもないと、胸をなでおろして引き返した。そのあとのことは、もはや説明するまでもなかろう」

「ご苦労様でございました」

「なにを申す。おぬしのお陰だ。それにしてもこんなことだったとは、わしもやはり隠居であるな」

理一郎は自嘲の笑みを浮かべた。

「栗田様、ひとつお願いがあります」

「なんだ」

「じつは忍がどこにいるのか、栗田様の相談を受けたあとで、すぐにわかったんでございます」

「なに……」

「それで、わたしは、忍……いや、いまは名を変えてお房と名乗っておりますので、そう呼びますが、お房はすべてをわたしに話してくれました。すっかりそのことを信じたわけではありませんが、とりあえず調べるだけ調べようと動いた結果がこうなったのでございます。考えてみれば、お房のお陰で、この一件は片づけられたのだと思います」

「どういうことだ」

伝次郎はお房から聞いたことをかいつまんで話してやった。

「逐電してきた夫婦だったのか……」

話を聞き終えた理一郎はうめくような声を漏らして、足許の地面を見つめた。

「夫の仙太郎殿は藩命を受けたものに刺殺されております。よって、これ以上の咎めはなくなっているはずです」

「いかにも」

「さらに妻であった忍は、縁坐《えんざ》の定めにより領外追放となるはずで、おそらくそのような処断がくだされていると思われます」

「ふむ……」

「そこでお房こと忍に対するこれ以上の追及を打ち切り、不問にできるようお取りはからいお願いできませんか」

伝次郎は頭を下げた。その様子を理一郎はしばらく見つめていた。

「なぜ、おぬしがそんなことを頼む」

「会えばおわかりになるでしょうが、お房はできた女です。まだ若いし、やり直しが利きます。それに、お房といっしょになりたい、直吉という気のいい商人がいます。わたしはその二人が結ばれるのを望んでおります。これまで、お房は直吉といっしょになるのを拒んでいました。それはもし、自分が下手人として捕まるようなことがあれば、直吉にも火の粉が飛び、咎を受けると知っていたからです。それだけ、相手を思いやることのできる女でありますゆえ、どうかさっきの頼みを聞いてくださいませんか」

理一郎がじっとにらむように見てきた。その顔にはかすかな怒気《どき》も含まれているように見えた。伝次郎は説教されるのではないかと身構えた。ところが、理一郎の表情がゆっくりとゆるんだ。

「伝次郎……おぬしにはまいった」

「は……」

「いい男になったな。いやはや、じつにもったいないことだ。おまえほどの男が、御番所を去らなければならなかったとは……。伝次郎、安心いたせ。いまのこと、とくとわかった。あとのことはわしにまかせておけ」

「ありがとう存じます」

「礼をいうのはわしのほうだ」

伝次郎はまっすぐ理一郎を見た。

「これでわしも、隠居にあたって御番所に土産をわたすことができるのだ。伝次郎、恩に着る」

「いえ、こちらこそ。では、わたしはこれにて……」

伝次郎は立ちあがって、もう一度、理一郎に深い辞儀をした。

舟に戻る伝次郎は、夕焼けに染まった空を見あげた。鉤形を作って飛んでゆく雁の群があった。その空を見ながら歩くうちに、ふと浮かんだことがある。

仇の津久間戒蔵も、同じ空を眺めているのかもしれないということであった。

（あやつ、どこにいるんだ）

胸の内でつぶやいた伝次郎は、河岸道から船着場におりて、猪牙の舫をほどいた。

十

空に皓々と照る半月が浮かんでいた。低い位置にある雲が、南から北へ急ぎ足で流れていた。

伝次郎は油堀河岸の雁木に腰をおろし、煙草を喫《の》んでいた。自分の舟は下の荷揚場につないである。吐きだす煙草の煙が、風にまき散らされた。伝次郎はときどき、富岡橋をわたってくる人影に目を凝らした。

直吉にお房を迎えにやらせているのだった。どんな用事があるのですと、直吉は訝しんだが、伝次郎は会ってからまとめて話すといっただけである。

背後は三角屋敷で、小料理屋からにぎやかな声が漏れ聞こえていた。煙草を吸い終え、煙管を煙草入れにしまったとき、富岡橋をわたってくる男女の姿があった。伝次郎はゆっくり立ちあがって、二人を待った。

二つの影は直吉とお房にちがいなかった。

「伝次郎さん、呼んでまいりました。ひょっとして真の下手人が捕まったんでございますか。そうならよいのですが……」

期待するようなことをいう直吉だが、その顔には不安の色が混じっていた。お房の表情もかたい。

「直吉、お房。村山兄弟の一件は、おそらく落着だ。裁きはこれから先だが、お房はなにも問われはしないだろう」

直吉の顔に喜色が浮かべば、お房は大きく目をみはって、胸の前で手を合わせた。

「村山兄弟に毒を盛ったのは、あの兄弟にひどい悪さをされた居酒屋の娘だった。

その娘は、兄弟を殺したあとで自らの命を絶っている」

「居酒屋の……娘さん……」

お房は大きく目をしばたたいた。

伝次郎はそのあらましをざっと話してやった。その間二人は息を止めたような顔で、真剣に聞き入っていた。

「調べにあたった栗田さんという同心の旦那は、おれの頼みを聞いてくれ、お房のことはよしなに計らうはずだ。だから、もう隠れて暮らすこともないだろう」

すべてを聞き終えた直吉は、お房を見て、

「お房さん、よかったですね」

と、いった声は半分涙声であった。

「伝次郎さん、ありがとうございます。これで、死んだ夫も安堵していると思います」

「ご亭主の仙太郎さんは残念であったが、これからあんたはどうするつもりだ?」

伝次郎は普段の職人言葉に戻っていた。

「わたしは……」

そういって、お房は直吉を見た。

「直吉さんはわたしのことを一途に思ってくださっています。女の幸せは、伴侶《はんりょ》に裏切られず、そして一心に自分のことを思ってくださる人がそばにいることだと思います。直吉さんはそういう方だと思いますし、わたしといっしょに悲しみを分けあって生きたいといってくださいました。わたしはあの言葉に胸を打たれました。晴れてわたしの疑いが解けたいまは、直吉さんについていくだけだと思っております」

「お房さん……」

「直吉さん、よろしくお願いいたしますね」

「わたしのほうこそ……」

直吉は目にいっぱい涙を溜めて、お房に近づくとその手を取ってしっかりとにぎった。

「いっしょに店を大きくするのです。明日にでもおっかさんに会いに行きましょう」

「はい」

返事をするお房は、いまにも泣きそうな顔をしていた。

「さて、それじゃおれは行くぜ。これでおれの出番は終わりだ。あとは仲良くやることだ」

伝次郎はそういうなり雁木をおりて、自分の舟に乗った。直吉とお房は何度も礼をいって頭を下げた。

「礼なんかいい。おまえたちが幸せになりゃそれでいいんだ。じゃあ、またな」

伝次郎は棹をつかんで、川岸を突いた。猪牙はとろっと油を流したように穏やかな油堀の水面を滑った。

「伝次郎さん」

お房の声に伝次郎は振り返った。

「きれいな月です」

伝次郎が空を見あげると、そうではなく川のほうだという。伝次郎が舟の近くの水面に視線を落とすと、空に浮かぶ半月がきれいに映り込んでいた。

「ああ、ほんとにいい月だ」

伝次郎はそう応じ返して、棹をさばいた。舟はすっすっと、進みつづけたが、水面に映る月はいつまでもそばについてきた。

（季節外れだろうが、久しぶりに月見酒でもやるか……）

そう胸の内でつぶやく伝次郎の瞼の裏に、千草の笑顔が浮かびあがった。

光文社文庫

文庫書下ろし／長編時代小説

深《ふか》川《がわ》思《し》恋《れん》　剣客船頭《けんきやくせんどう》㈤

著　者　稲《いな》葉《ば》　稔《みのる》

2012年9月20日　初版1刷発行
2021年4月25日　2刷発行

発行者　鈴木広和
印　刷　堀内印刷
製　本　榎本製本

発行所　株式会社　光文社
〒112-8011　東京都文京区音羽1-16-6
電話　(03)5395-8149　編集部
8116　書籍販売部
8125　業務部

© Minoru Inaba 2012
落丁本・乱丁本は業務部にご連絡くだされば、お取替えいたします。

ISBN978-4-334-76464-7　Printed in Japan

R　<日本複製権センター委託出版物>

本書の無断複写複製（コピー）は著作権法上での例外を除き禁じられています。本書をコピーされる場合は、そのつど事前に、日本複製権センター（☎03-6809-1281、e-mail : jrrc_info@jrrc.or.jp）の許諾を得てください。

組版　萩原印刷

本書の電子化は私的使用に限り、著作権法上認められています。ただし代行業者等の第三者による電子データ化及び電子書籍化は、いかなる場合も認められておりません。